완성되지 않은
나와 당신이지만

완성되지 않은
나와 당신이지만

조성용 지음

알에이치코리아

차 례

1장
미완성
인생

2장
미완성
관계

3장

미완성 사랑

언젠가 이런 생각을 했다.

세상을 떠날 때 정말 아쉽지 않은 사람이 있을까.

삶이 끝나는 순간, 모든 사람은 미완성의 존재가 되는 것이 아

닐까.

내 곁에 있던 수많은 관계와 사랑 그리고 나의 인생까지,

모든 걸 두고 돌아서야 한다는 건 분명 아쉬울 것이다.

하지만 한편으로는 미완성인 채로 삶이 끝난다고 해도

충분히 가치 있었다고 말할 수 있는 삶을 산다면

미완성 인생이어도 아름다울 수 있지 않을까.

인생이 언젠가 중단될 영화라면

그 안에 충분히 울림이 있는 이야기를 담으면 되고,

내 남은 삶을 근사하게 그려내면 그만이니까.

완성되지 못한 나와 당신이 주눅 들지만 않으면 된다고.

관계와 사랑, 인생 그 모든 것들 앞에서
우리는 결국 미완성일 테지만
미완성이어서 아름다운 삶으로
기억될 수 있기를.

미완성이어도 괜찮은 삶이었다고
말할 수 있는 순간을 살기를.

1장

미완성
인생

삶의
전환점에서

살다 보면 인생에서 전환점이 필요한 순간이 온다. 무엇을 위해 이렇게 달려왔나 싶고, 정작 내게 남은 건 많지 않다는 사실에 씁쓸한 시기. 생각보다 많은 사람이 이 늪에 빠져서 쉽게 헤어나오지 못한다. 우울을 잊게 해줄 활력이 필요한데, 삶은 무심히도 흘러간다. 모든 걸 멈추고 다시 시작하는 게 아니라면 지옥 같은 하루로 또다시 들어갈 수밖에 없다.

이 순간을 이겨내기 위해서는 '과감함'이 필요하지만 결코 쉽지 않은 일이다. 나를 가둬왔던 틀을 부수고 새로운 차원으로 나아가는 것. 현실과 이상, 그 사이에서 흔들리지 않는 것. 그건 어느 정도의 의지가 없다면 해내기 어렵다.

한때, 나 또한 늪에 빠졌던 때가 있었다. 과감하게 결정한 일이 현실의 벽에 부딪혀서 물거품이 되어버리고, 현실을 인정하는 과정에서 큰 상실감을 느꼈었다. 새로운 것들을 찾아 떠날 의

욕이 안 생기고, 그렇다고 다시금 현실에 녹아들자니 괴롭고
참 힘들었던 기억이 난다.

사람마다 처한 상황은 다르기에 나와 달리 당신은 이겨낼 수도
있다. 이 늪은 쉽게 나오기 어려울 뿐이지, 실제로는 이겨낸 사
람이 더 많기 때문이다. 그렇기에 지난날의 나에게 해주고 싶
은 말이 몇 가지 있다. 너를 믿으라는 말. 다른 이들의 말에 휘
둘리지 말라는 말. 늪에 빠졌을 때 들어야 하는 건 네 마음의
소리라는 말. 이 말을 기억하고 당신은 나와 다른 길을 걸을 수
있었으면 좋겠다. 실패한 건 그때의 나 하나면 충분하다.

미완성
인생

주저하지 않는
삶

하고 싶은 일이 있다면 지금 당장, 해야 할 일이 있다면 지금 당장 해야 한다. 너무 많은 생각은 행동을 멈칫하게 한다. 멈칫하는 순간이 모이면 부정적인 생각이 순식간에 나를 휘어 감는다. 처음부터 잘하겠다는 욕심 때문에 몇 번의 사전 공부를 마쳐도 실전에서는 참 사소한 것들로 일이 틀어진다. 그러니 완벽한 계획보다는 먼저 뛰어들고 예상치 못한 변수에 대처하는 능력을 키우자. 생각한 것을 곧바로 행동으로 옮겼다면 더 많은 것을 해낸 것이다. 명심하자. 너무 많은 생각은 독이다.

단점의
의미

이 세상을 살아가는 누구에게나 장단점은 있다. 많이들 착각하는 것은 단점을 무작정 나쁘게만 생각하는 것이다. 사전적 정의에서 '단점'은 잘못되거나, 모자라다는 뜻인데 우리는 두 번째 뜻에 집중할 필요가 있다.

나는 단점을 나쁘게 생각하지 않는다. 누구나 가지고 있는 것이기도 하고, 실제로 단점을 장점으로 바꿀 수 있다고 믿는다. 내가 가지고 있는 수많은 단점. 그중에는 단순히 나에게 모자라서 단점이 되어버린 것들도 많다. 그래서 단점을 숨기지 않는다. 부끄러워하지도 않는다. 오히려 더 좋아질 부분이라고 생각한다. 내게 단점은 가능성이다. 조금만 노력하면, 조금만 배우면 금세 장점이 될 수도 있는 것들.

그대의 단점은 어떤 게 있느냐고 묻고 싶다. 그리고 그게 절대 고칠 수 없는 단점인지도. 모든 건 생각하기 나름이다. 아무런 생각 없이 가만히 놔둔다면 단점으로 굳어버리겠지만, 단순히 모자라는 부분이라고 생각하고 채워 넣으려 노력한다면 얼마든지 장점이 될 수 있다. 어쩌면 장단점은 한 끗 차이인지도 모른다.

내가 가진 '단점'을 어떻게 바라볼 것인지 잘 생각해 보자.
무작정 잘못된 것인지 아니면 더 나아질 부분인지.

미완성
인생

꿈꾸는 일

현실의 벽에 부딪힐 때 사람은 좌절하게 된다. 잠시나마 꿈꿔왔던 것들이 무너지는 순간, 애초에 내 것이었던 것도 아니고 이루어진 적도 없는데 거대한 상실감이 찾아온다. 그런 이유에선지 한때는 꿈꾸는 일이 사치가 아닐까, 생각한 적도 있었다. 괜한 상상으로 지독한 현실이 더 지독해지는 것 같아서 꿈꾸는 일을 멈춰야 하는 걸까 잠시 고민도 했었다. 하지만 꿈꾸는 일을 멈춘다는 건 목적지 없이 나아가는 것. 실망할 일은 없겠지만 동시에 가슴 벅찰 일도 없는 거였다.

희망은 꽃이다. 사람은 누구나 가슴속에 그 꽃을 품고 살아간다. 돌보지 않으면 가시에 찔릴 일도 없고, 시들어도 별 상관없겠지만 더는 만개하지도, 좋은 향이 나지도 않는다. 나는 당신에게 말해주고 싶다. 꿈은 반드시 이뤄져야만 의미가 있는 게 아니라고. 누군가는 이룰 수 없는 것들을 동경한다고 비웃을지 몰라도, 현실적으로 해낼 수 없는 것들이라고 손가락질해도,

꿈꾸는 일 그 자체만으로도 반은 해낸 것이라고.

오늘도 누군가의 마음속에는 꽃이 피고 진다. 내 마음에 핀 꽃,
당신 마음에 핀 꽃, 그 꽃을 잃어버리지 말자. 언젠가 반드시 만
개하게 될 테니까. 당신도 꿈처럼 피어날 테니까.

미완성
인생

걱정
버튼

침대에 걱정을 없애주는 버튼이 있으면 좋겠다고 생각했다. 잠자리에 들 때, 잠에서 깨어날 때 버튼을 누르는 것만으로도 걱정거리가 단숨에 잊힌다면, 편하게 하루를 시작하고 끝낼 수 있다면 얼마나 좋을까. 이루어지지 못할 상상이지만 상상만으로도 행복해진다.

나는 걱정이 성장통이라 생각한다. 더 나은 삶으로 나아가기 위한 발판. 걱정했던 일들을 실제로 마주하고 부딪히면서 성장하는 것. 그것들을 이겨내고 나면 전보다 더 튼튼한 사람이 되겠지. 걱정이 있다는 건 그리 나쁘지만은 않은 일일지도 모른다. 당장은 먹구름이 낀 것처럼 삶이 흐릿해 보여도, 구름은 언젠가 걷히게 되니까 괜찮을 것이다.

나는 걱정보다 큰 사람이고
걱정은 나를 더 좋은 곳으로 데려다줄 것이다.

걱정했던 것보다 크고, 길게 행복할 것이다.

그렇게 생각해야겠다.

불안한 사람들의
특징

자주 불안한 사람은
자기 자신을 지나치게 과소평가한다.

내가 가진 것들과 해왔던 것들을
별거 아닌 것으로 생각하고
잘될 거라는 생각보다 안 될 거라는 생각부터 한다.

불안하다는 것,
그건 마음이 여리다는 뜻이다.
불안을 없애고 싶다면 단단한 마음가짐이 우선이다.

적어도 나는 나를 믿고,
생각보다 장점이 많은 사람이라는 것을 잊지 말고,
안 될 거라는 생각보다는 일단 해보자는 마음으로
시도를 두려워하지 않는다면 당신을 힘들게 했던 불안은

어느새 자신감이 되어 있을 거다.

잊지 않길 바란다.
당신의 가능성은 언제나 불안보다 더 크고 강력하다.

미완성
인생

증명

삶은 끝없는 증명이다. 그 누가 내 삶을 믿어주지 않는다고 해도 상관없다. 삶이란 나 혼자서 만들어 가야 할 일이다. 하고 싶은 일이 생겼다면, 가고 싶은 길을 찾았다면 스스로 발걸음을 떼고 결과를 받아들여야 한다.

막연하다고 느껴질 수 있다. 아무도 나를 믿어주지 않을 때, 스스로에게마저도 믿음이 없을 때. 발걸음이 도무지 떼어지지 않는 기분을 안다. 하지만 우리는 지금껏 수많은 것들을 증명해 온 존재라는 걸 다시 한번 기억해야 한다. 우리는 생각보다 훨씬 강하다. 약한 생각에 무너지지 말자.

●

그 누가 믿어주지 않는다 해도 나는 나 자신에게 기대어 살아가지.
삶은 타인에게 기대는 것이 아니라, 혼자서 나아가야 하는 일이니까.
나는 생각보다 더 많은 걸 할 수 있으니까.

비워내는 것,
채워지는 것

살아갈수록 비워간다는 것이 얼마나 중요한 일인지 깨닫게 된다. 예전에는 좋은 것들로 삶을 가득 채우고 싶었다. 정말 내가 좋아하는 것인지, 원하는 것인지도 모르면서 무작정 소유하려 했고 욕심내기 바빴다. 그러나 정작 내게 필요했던 게 얼마나 있었을까. 거의 없었다. 한순간의 기쁨이었을 뿐, 오래가는 행복은 아니었다.

어쩌면 늦었을지도 모른다. 내 마음이 진정 원하는 것들을 찾아내기 위해서 너무 먼 길을 돌아왔는지도 모른다. 하지만 조금씩 나아가보려고 한다. 꼭 있어야 하는 것들, 진짜 내 사람이 누구인지, 없어도 되는 것들이 무엇인지 하나씩 비워내면서 천천히 알아가야겠다.

관계도, 물건도 넘치도록 많은 것보다는 감당할 수 있고 꼭 필요한 정도만 곁에 두는 편이 나을 테니까.

미완성
인생

027

힘든 일이
생겼다면

힘든 일이 생겼다면 그 기운에 잠식되지 않아야 한다. 그 어떤
때보다 이성적인 마음을 갖춰야 한다. 쉽지 않다는 것을 안다.
나를 무너지게 하는 아픔에 이성적으로 대할 수 있는 사람은
많지 않으니까. 하지만 되도록 빨리 마음을 추스를 수 있어야
만 그 아픔에서 조금이라도 더 일찍 해방될 수 있다.

힘든 기운에 잠식당하는 게 왜 무섭냐면 내게 끊임없이 포기하
라고 속삭이기 때문이다. 그러다 보면 이겨낼 수 없다고 스스
로 단정 짓게 되고 긍정적인 생각을 아무리 해보려고 해도 생
각나지 않는, 조금의 의욕마저 사라지게 되는 최악의 상황에
빠지게 된다.

힘든 일이 생겼다면 정신을 제대로 차려야 한다. 아픔에 익숙
해지지 않게, 부정적인 감정에 잠식되지 않게. 때로는 당장 이
겨내겠다고 애쓰는 것보다 생각을 멈추고 잠시 멈춰 있는 게

힘든 순간에서 제대로 벗어나는 방법이 되기도 한다.

혼란스러운 마음을 품은 채로는 올바른 방향으로 나아가기 힘든 법이니까.

미완성
인생

내게 맞는
옷

비싸고 좋은 옷을 입었는데 내 몸에는 맞지 않고 불편했던 적이 있었다. 중요한 약속이 있어서 고른 옷이었는데, 약속 내내 신경이 쓰이고 시간이 갈수록 예쁘지 않게 느껴지기도 했다. 그러다 집으로 돌아와 익숙한 옷으로 갈아입었는데 그렇게 편할 수가 없었다.

생각해 보니 그런 경험이 몇 번 있었다. 남들이 좋다고, 예쁘다고 한 것들을 따라 샀는데 나랑은 맞지 않을 때. 그럴듯하게 꾸며진 요리를 먹었는데 생각보다 맛이 없었을 때. 겉보기에는 좋아 보이는 것들이 무조건 내게 행복을 가져다주지는 않는다는 걸 알게 된 것이다.

화려하게 치장한 모습으로 살아가는 것보다 내 몸에 딱 맞는 옷을 입었을 때, 나와 잘 맞는 사람과 길을 걸을 때 우린 더 행복한 감정을 느낄 수 있다. 예쁘게 꾸며진 음식보다 겉보기엔

엉터리 같아도 맛은 훌륭한 음식이 훨씬 만족스럽다.

자존감이 부족하지 않은 사람이라는 건 내게 맞는 것들, 나의
것들을 사랑할 줄 아는 사람이라는 뜻일지도 모른다. 아름다움
을 추구하는 것보다 내게 맞는 행복을 추구하는 사람, 그런 사
람이 되자. 나는 나로 살아갈 때 가장 멋지고 당신 또한 당신일
때 가장 아름답다.

미완성
인생

역파도

아주 가끔은 나를 향한 누군가의 응원이 도리어 부담감으로 다가올 때가 있다. 나 또한 잘하고 싶고 내일을 기대하고 싶지만 그게 쉽지만은 않기에, 좋지 않은 일이 갑자기 몰려오거나 힘껏 애썼는데도 그렇다 할 성과가 없을 때 종종 주저앉곤 했다.

예전부터 느꼈던 건데 되는 일이 하나도 없을 때는 아무것도 하지 않는 게 가장 좋은 방법인 것 같다. 이것도 안 되고, 저것도 안 되는 상황에서 발버둥 치다 오히려 더 망가지기보다는 내려놓을 수 있는 건 내려놓고 쉬어가는 시간이 필요하다.

살다 보면 역파도에 한번쯤 휩쓸리게 된다. 그때 우리가 해야할 일은 파도에 맞서 헤엄치는 것이 아니라 몸에 힘을 빼고 잠잠해지기를 기다리는 일. 되는 일이 없다면 잠시 멈춰 서도 된다. 우린 더 많은 길을 걸어가야 하니까. 더 큰 도약을 위해서는 힘을 아끼는 순간도 필요하다.

일시 정지

그럴 때가 있다. 어떤 생각을 해도 좋지 않은 생각만 떠오를 때, 괜찮아지고 싶은 마음은 굴뚝같은데 현실은 자꾸만 깊은 나락으로 빠질 때, 쉽게 초조해지고 작은 상처에 민감해지고, 극도로 불안한 상태에 놓이게 될 때.

그 순간을 이겨내기 위해서 이런저런 방법을 찾아보지만, 좋은 생각을 떠올리기란 사실 너무나도 어렵다. 불 꺼진 컴컴한 도로에서 차선을 지키며 나아가기가 어렵듯이, 가끔은 더 나아가는 것보다 구석진 곳에서 비상등을 켜고 멈춰 서서 기다리는 편이 낫다.

생각을 멈추는 게 불안할 수 있다. 최악의 상황인데 그곳에 머물러 있어야 한다는 게, 어떻게든 벗어나고 싶은데 멈춰 있으라는 게 와닿지 않고 무서울 수 있다. 그러나 사람은 완전하지 않고 우리는 언제나 좋은 생각만을 할 수 없다. 안 좋은 생각이 가득할 때는 부정적인 생각만 떠오를 가능성이 크다. 속이 망가진 채로 더 나아가는 건 사실상 불가능하다. 그걸 기억하자.

•

가끔은 생각을 멈춰야 해. 자꾸만 좋지 않은 생각이 떠오를 때.

머릿속이 엉킨 것처럼 정리되지 않을 때.

이겨내려고 애쓰는 것보다는 아무것도 하지 않는 게 더 좋은 방법이니까.

언제나 좋은 생각만 할 수 없는 법이니까.

미완성
인생

나의 오늘이
멋진 어제가 될 수 있게

언제나 마음 한편에 걱정을 안고 살았다. 대부분 일어나지도 않은 일들에 대한 걱정이었다. 먼 미래에 대한 걱정으로 지금 내 삶은 제쳐두기 바빴다. 오늘은 어떻게든 흘러가니까 다가올 내일을 상상하고, 먼 미래의 나를 궁금해했다.

아무런 의미가 없던 일은 아니었다. 생각 없이 흘러가는 것보다는 나았으니까. 다만, 정말 중요한 것을 몰랐다. 멋진 미래를 원한다면 그전에 '오늘'을 멋지게 살아내면 된다는 사실. 큰 그림을 생각하는 것. 거기서 끝나는 게 아니라 '오늘'이라는 도화지에 뭐라도 그려야 한다는 것.

지금, 이 순간에도 '오늘'은 흘러가고 있고 시간은 쌓이고 있다. 지금 내 삶이 어떻게 흘러갈지 걱정하고만 있다면, 당장 멈추고 오늘을 사는 사람이 되어보는 건 어떨까. 근사한 미래를 원한다면 근사하게 오늘을 살아내면 된다.

걱정할 필요 없다. 깊이 생각할 필요 없다. 나의 '오늘'에 충실하
다 보면 그토록 원했던 미래는 자연스럽게 다가올 테니까.

미완성
인생

나의 행복

언제부턴가 조금이라도 마음이 불편하거나 행복하지 않으면 그 순간으로부터 달아나는 습관이 생겼다. 예전 같았으면 참고 견뎠을 시간도 굳이 버텨내지 않게 됐다.

지금 행복하지 않으면 의미가 없다고 느껴졌다. 무엇을 위해 버텨내는 걸까 하는 생각이 들었다. 삶은 언제 멈출지 모르는 열차다. 행복하지도 않은 순간을 억지로 버티고 있는 모습이 나의 마지막 모습이 되긴 싫었다. 그래서 나를 불편하게 만드는 것들에게서 멀어졌고, 웃을 수 있는 곳으로 떠났고, 행복을 주는 곳으로 도망쳤다.

누군가는 말한다. 나의 행복이 아닌 주변 사람들의 행복을 위해 참고 있는 거라고. 하지만 그렇게 버티지 않아도 주변의 행복은 얼마든지 챙길 수 있다. 내가 행복하면 타인의 행복도 신경 쓸 여유가 생기기 때문이다. 억지로 견디면서 나는 불행해지고 타인은 행복해지는 상황은 굳이 만들지 않아도 된다.

사람은 언젠가 반드시 삶이라는 열차에서 내리게 된다. 바로 그날, 우리의 모습이 행복하게 웃고 있는 모습이라면 얼마나 좋을지 상상해 보자. 내가 행복한 것이 우선이고, 다른 건 다 후 순위다. 내 삶보다 중요한 것은 어디에도 없다는 걸 기억하자.

행복한 순간에 있어야 행복을 전하는 사람도 될 수 있다. 내가 불편한 곳에 계속해서 머물러 있을 필요가 없다. 우리는 서서 히 행복을 향해서 나아가면 된다. 행복을 바라보고, 행복을 향 해 몸을 돌리고 끝끝내 행복이 당연해질 수 있도록.

미완성
인생

유일한
길

어떤 선택을 해도 어떤 삶을 살아도 후회는 피해 갈 수 없다.
하지만 후회를 줄일 수는 있다. 내가 걷겠다고 다짐한 길에서
최선을 다해 걷는다면, 후회 없는 삶은 없다는 것을 인정한다
면.

어쩔 수 없는
것들

어쩔 수 없는 것들에 더는 마음을 쓰지 않기로 했다. 그건 말
그대로 어쩔 수 없는 것들. 이러나저러나 벌어질 사건 같은 것.
간절한 마음으로 애태워도, 맞이하기 싫어 힘껏 발버둥 쳐도
결국, 나만 더 피곤해질 뿐. 마음은 그런 곳에 쓰는 게 아니다.
어쩔 수 없는 건 그냥 흘러가게 두어야 한다.

삶이 지쳐갈 때
명심해야 할 일곱 가지

1. 나의 부족함을 인정하고 받아들일 것. 성장은 나의 부족함을 채워가면서 이루어진다. 나를 객관적으로 바라볼 수 있을 때 더 빠른 속도로 성장할 수 있다.

2. 나를 힘들게 하는 관계는 높은 확률로 또다시 나를 힘들게 한다. 사람의 성질은 쉽게 바뀌지 않듯이, 한번 어긋난 관계는 어긋난 채로 흘러간다.

3. 우리에게도 모든 게 처음이었던 적이 있었다. 새로운 어려움은 자꾸만 나타나고, 어떻게 이겨내야 할까 막막한 심정이지만 우린 이미 수많은 처음을 겪어낸 존재. 두렵지만 충분히 이겨낼 수 있다.

4. 힘든 일은 언제든지 찾아온다. 살아가면서 힘들지 않을 방법 같은 건 없다. 그러니 힘든 일이 생기지 않기를 바라는 것보다

힘든 순간을 어떻게 잘 흘려보낼지 고민하는 편이 더 낫다.

5. 운은 가만히 있는 사람에게는 찾아오지 않는다. 운이 좋다는 건 운을 받아들일 준비를 했다는 것이다. 운은 무언가를 시작한 사람에게만 찾아온다. 그 사실을 기억하고 도전을 두려워하지 말자.

6. 주기적으로 나를 점검해야 한다. 기계도 시간이 지나면 어딘가 망가지는 것처럼 사람이라면 더더욱 마음이든, 몸이든 망가지는 순간이 찾아온다. 더 오래 길을 걷기 위해서는 점검이 필요하다.

7. 내가 가진 힘을 믿을 것. 할 수 있는 일이 하나도 없는 것 같아도 우리는 생각보다 많은 걸 할 수 있는 사람이다. 내가 가진 힘을 믿고 나의 가능성을 믿자. 그럼 더 큰 사람이 될 수 있다.

미완성
인생

오늘도
늦지 않았다

인생에 늦은 때는 없다. 늦었다고 지레짐작해서 포기하려는 마음만 있을 뿐. 이 세상에는 하려는 마음과 하지 않으려는 마음, 그 두 개만 공존한다. 하고 싶은 게 있다면 우선 뛰어들 줄 알아야 한다. '그나마 더 늦기 전에' 하는 게 중요하다. 생각해 보자. 이미 늦었다고 생각해 포기한 것들, 그중 정말 늦어서 못 한 게 대부분일까.

돌아보면 버려졌던 시간이 참 많다. 이런저런 이유로 아무것도 하지 않았던 시간. 늦었다고 생각해서 하지 않았던 것 중 충분히 해냈을 일도 있지 않았을까.

그러니 걱정하지 마라. 당신의 지금도, 나의 오늘도 전혀 늦지 않았다. 하고 싶은 게 생기면 하면 된다. 시간은 충분하다. 못할 것 같은 마음은 버리고, 버려질 시간은 붙잡고 그렇게 나아가다 보면 꿈꾸던 것들이 내 것이 된다. 마침내 우린, 별이 된다.

정말로
내게 소중한 것

살아가다 보면 소중한 게 참 많아진다. 중학교 때 알게 된 친구, 사람들과의 술자리, 여유로운 주말, 혼자만의 시간 등 잃고 싶지 않은 것들이 늘어나게 된다. 하지만 그 모든 것들이 내게 진짜로 소중한 것이었는가 생각해 보면 그건 아니었던 것 같다. 그중에는 나 혼자만 소중하다고 생각한 것도 있었고, 깨어나면 잊히는 꿈처럼 어느새 내 곁에서 희미해진 것들도 있었으니까.

어쩌면 우리가 살아가면서 꾸준히 해야 할 일은 소중하다고 생각한 수많은 것 중에서 진짜 소중한 게 무엇인지 찾아내는 일이 아닐까. 가짜 소중함에 속아 정말로 소중한 무언가를 놓치고 있을지도 모르니까.

우리는 자주 생각해 봐야 한다. 소중하다고 생각한 것들이 정말 소중한 것인지, 내가 추구하는 것들이 진정 내가 원하는 것인지를 말이다.

쉼표를
두고

목표를 세우는 일은 살아가는 데 있어서 굉장한 원동력이 된다. 결승선이 보이지 않는 길 위에서 달리는 것보다 눈앞에 결승선이 있을 때 더 힘차게 뛰어가게 되는 것처럼, 목표는 우릴 더 자극하고 한 발 더 움직이게 만든다. 하지만 여기서 정말로 중요한 게 있다. 각자의 결승선을 통과하고 난 다음의 날들. 무언가를 꿈꿀 때는 그 이후의 삶도 생각해야 한다. 그러지 않으면 급격하게 무너진다. 나태해지고 길을 헤매게 된다.

목표는 마침표가 아니라 쉼표다. 무언가를 이뤄도 세상은 계속 흐른다. 그러니 우리는 삶이 가만히 멈추는 일 없게 매 순간 경주를 벌여야 한다. 아주 작은 목표여도 좋다. 사소한 것도 좋다. 나를 움직이게 하는 것이라면, 공허한 상태로 놓여 있는 것이 아니라면. 적어도 무언가를 이룬 뒤에 망가지는 일은 없을 테니까.

미완성
인생

완전히
굳어버리기 전에

요즘 들어서 삶이 덧없다고 느껴진다. 아득바득 살아도 제자리 걸음인 것 같은 탓에 나아갈 힘도 기쁨도 없다. 어렸을 때는 한 발 내디디면 무엇이든 쉽게 꿈꾸고 도전할 수 있을 것만 같았 지만, 어느새 굳어버린 내 청춘은 갯벌 위를 걷는 것처럼 쉽게 발을 내디딜 수도, 나아갈 수도 없게 됐다.

얼마 전, 친구가 한 넋두리가 생각난다. 회사에서 퇴사하고 예 전부터 꿈꾸던 카페를 열고 싶은데 너무 막막하다는 이야기. 현실은 지옥 같고 꿈꾸는 것도 부담이 되어버리니 이도 저도 못 하고 우울하다고 했다.

이 기분이 어떨지 어느 정도는 알 것 같다. 작은 꽃은 다른 화분 에 옮겨 심기 쉽지만, 어느 정도 거대해진 나무는 다른 곳으로 옮기기 쉽지 않은 것처럼 어쩌면 친구도, 나도 어정쩡하게 거 대해져서 다른 것을 꿈꾸기 힘든 사람이 되어버린 건 아닐까.

무언가를 꿈꾸는 이 마음이, 새로운 것에 끌리는 이 가슴이 완전히 굳어버리기 전에 움직여야겠다. 더디어도 좋으니까, 헤매도 괜찮으니까 한 걸음, 두 걸음 계속 가야겠다. 나는 모든 청춘에게 말하고 싶다. 아직 할 수 있다고, 꿈꿔도 괜찮을 때라고. 막막하겠지만 우린 더한 것도 이겨낸 사람이니까 괜찮다고. 늘 하던 대로 나아가자고.

이 순간에만 있는

행복

제주에서였다. 여행을 왔다가 서울로 돌아가는 마지막 날이었는데 출국 시간이 여유로워 공항 근처에 있는 바다에 갔다. 여행 내내 봤던 바다였는데 갑자기 화창해진 날씨 때문일까. 그곳엔 눈으로만 보기에는 아까운 바다가 있었다. 사람들이 해수욕을 즐기고, 백사장은 기분 좋게 소란스럽고 생각만 해도 행복한 장면이지만, 그때 내가 한 생각은 다름 아닌 '하필이면…' 이었다.

왜 하필이면 돌아가는 날이 되어서야 날씨가 좋아진 걸까. 나는 왜 오늘 돌아가야만 하는 걸까. 믿기 싫은 현실에 좋은 감정보다는 아쉬운 감정이 먼저 들었고, 근사한 바다를 앞에 두고도 한참을 씁쓸해했다.

그런데 그때, 그녀가 말했다.
"우리 바다로 들어가자!"

순간 잘못 들었나 싶었다. 숙소에서도 퇴실한 지 오래고, 해수욕장에 있는 샤워장이 운영 중인 것도 아니었다. 더군다나 수영할 옷도 마땅치 않았다. 가진 건 여분의 반바지뿐. 그런데 바다로 들어가자니 나는 그녀에게 되물었다.

"어떻게 들어가려고? 수영복도 없잖아. 여기는 샤워장도 닫혀 있어."

"괜찮아. 옷은 차에서 갈아입고, 물기는 수건으로 대충 닦지 뭐! 티셔츠는 전에 입었던 거 입고, 바지는 입었던 반바지 하나만 빌려줘."

전혀 계획하지 않았던 일, 서울로 돌아가는 비행기를 몇 시간 남겨두고 갑작스레 벌어진 일. 아주 사소한 것도 계획적으로 해내는 나에게는 일생에 몇 번 없을 즉흥적인 사건이라 조금은

미완성
인생

당황했지만, 좁은 차에서 낑낑대며 옷을 갈아입은 것도, 갯바위를 살펴 가며 게를 잡았던 것도, 수영복이 아닌 옷을 입고 바다에서 헤엄친 것도 걱정과는 다르게 너무 즐거운 추억이 됐다.

아쉬워만 했으면 절대 겪지 못했을 행복, 어쩌면 나는 그때부터 모든 순간에는 숨어 있는 행복이 있음을 알게 된 건지도 모른다. 그 순간이 아니면 겪을 수 없는 행복. 지나가면 또다시 돌아오지 않는 행복.

그 바다를 경험하고 나서야 비로소 다짐하게 됐다. 살아가면서 몇 번의 행복한 순간을 지나칠지는 모르겠지만, 적어도 어떤 순간도 흘려보내지는 않아야겠다고. 가끔은 순간을 붙잡아 행복을 느낄 줄 아는 사람이 되어야겠다고.

예전의 나,
그때의 노래

옛날 노래를 들으면 그때로 돌아가고 싶은 생각이 든다. 모든 게 간편하지 않았던 시절. 카톡 대신 문자를 보냈고, 메신저로 대화를 나눴던 때. 같은 텍스트여도 솔직함이 더 담겨 있었던 때.

지금도 종종 그때가 생각나지만, 그중에서도 가장 그리운 건 감정을 대하는 태도다. 어떤 감정이든 신나는 마음으로 마중 나갔던 때. 감정 하나하나 소중하게 대했고 모든 게 새로웠던 때. 누군가를 좋아하는 감정은 또 얼마나 설레었던가. 한 사람의 생각만으로 몇 밤을 두근거리며 잤던 기억이 있다.

설렐 일도, 벅찰 일도 많지 않은 요즘. 낯선 감정보다 익숙한 감정이 더 많은 지금. 아무 감정을 몰랐던 때로, 사랑을 몰랐던 때로 돌아가고 싶다.

비록 지금은 몸과 마음에 때가 묻어 예전 같지 않지만, 그때가 그리워지거나 돌아가고 싶은 충동이 들면 조용히 옛날 노래를 튼다. 그러면 언제, 어디에 있던 한순간에 나는 소년의 마음으로 살아갈 수 있게 된다.

미완성
인생

내가
모르는 세상

싱가포르에서는 한평생 눈 내리는 풍경을 본 적 없는 사람이 의외로 많다고 한다. 한국에서는 겨울이 되면 눈싸움도 하고 눈사람도 만들고 지겹게 쌓인 눈을 치우기도 하지만 싱가포르에서는 눈을 보는 게 일생의 소원인 사람도 있는 거다.

살아가다 보면 종종 내가 보는 세상이 전부라고 느껴질 때가 있다. 쳇바퀴 굴러가듯 일상이 반복된다면 더더욱 그렇다. 다른 삶은 꿈꾸기도 어려워지고 한 번이라도 삶이 어긋나는 순간이 오면 모든 게 무너지는 듯한 기분을 느끼게 된다. 희망은 사라지고 의욕을 잃게 된다.

하지만 내가 보는 세상이 전부가 아님을 깨닫게 되면 그 순간 막막한 마음에 한 줄기 빛이 비친다. 세상은 언제나 내 시야보다 넓게 존재하고 있으니까. 무너진 세상에서 벗어나 다른 곳으로 나아갈 힘이 생기고 마음에 여유 또한 생긴다.

아직 당신의 삶에는 눈이 내리지 않았을 수도 있다. 어쩌면 평생 그 눈을 보지 못할 수도 있다. 하지만 그렇다고 해서 세상엔 눈이 없다거나, 평생 보지 못할 거라 단정 짓지는 않기를 바란다. 세상은 넓고 당신이 서 있는 그곳이 전부가 아니니까. 우리의 가능성은 무궁무진하니까. 세상이 끝난 듯 울지 마라. 우리가 행복해질 세상은 얼마든지 있다.

미완성
인생

내가
고른 길

어른이 되어가는 과정에서 흔히 듣게 되는 말.
"그냥 부딪히면 돼. 때론 무모해도 돼."

그 말만 믿고 호기롭게 청춘을 써버렸던 때가 있었다. 하지만 돌아오는 건 낙담과 후회. 조금만 더 조심스럽게 할걸, 더 알아보고 할걸, 아니 그냥 하지 말걸. 그 어떤 것도 해낼 수 있을 것이라고 생각했던 청춘의 마음은 점점 작아졌다. 새로운 시도보다는 내게 남은 것을 지키기 위해 살아가게 됐다.

그러던 어느 날, 갈림길을 만났다. 반드시 한 가지 길을 골라야하는 갈림길. 순간 멍해졌고 두려워졌다. 어느 길이 맞는 길인지 몰라서, 달리 누군가에게 물어볼 수도 없어서 한동안 멈춰있는 내게, 내가 해줄 수 있는 말은 다름 아닌 "그냥 해봐"였다.

살아가면서 마주칠 수밖에 없는 수많은 갈림길. 그중에 한 가지 길을 택하면서 우리는 성장해 왔다. 하지만 전부 맞는 길은 아니었다. 한참 돌아가는 길도 있었고, 후회스러운 길도 있었다. 하지만 우리는 기어코 어딘가로 나아가지 않았던가.

모든 길은 이어져 있다고 생각하고 싶다. 내가 선택한 길만이 길이 아니고, 선택하지 못했던 길도 또다시 내 앞에 나타날 수 있다. 그러니 어느 길로 나아갈지 도저히 고르지 못할 것 같은 때는 그냥 부딪히는 것이 방법이 될 수 있다.

주저하지 않는 삶을 살아야겠다. 부딪히지 않으면 아무것도 얻을 수 없으니까. 뛰어들지 않으면 어떤 것도 알 수가 없으니까. 어차피 우리는 맞는 길만 고를 수 없으니까.

내가 고른 길로 최선을 다해 나아가다 보면 어느 멋진 곳에 서 있을 수도 있으니까.

미완성
인생

나만의
박자로

가끔 세상이 미울 때가 옵니다. 나는 충분히 자격 있는 사람이라고 생각했는데 생각처럼 기회가 주어지지 않거나 도저히 좋아할 수 없는 누군가가 승승장구하는 모습을 보면서 세상이 아니라 내가 이상한 걸까 의심할 수도 있습니다. 마음이 불안해지고 의지가 흐릿해지고 기어코 포기하려는 마음을 먹을 수도 있습니다. 하지만 그때가 가장 중요합니다.

세상의 벽에 가로막힐 때, 나는 틀렸다고 생각할 때, 세상의 박자와는 엇박으로 좋은 일은 옵니다. 당장 쓸모가 없는 것 같다고 하여 나를 지켜봐 주는 사람이 없는 것 같다고 하여 나의 가치가 사라지는 게 아니라는 사실, 나만의 박자가 있을 뿐입니다.

조금
구부리는 마음

언젠가부터는 반대되는 의견에 맞서기보다 '그럴 수도 있나?' 하고 생각하게 됐다. 마침표에서 물음표로 마음을 바꾸는 것. 생각해 보면 참 별거 아닌 일인데 그 차이는 생각보다 컸다. 답답한 마음은 유연해지고 세상은 넓어졌다.

내 생각이 모두 답이 될 수 없음을 인정하는 순간, 다른 사람의 의견은 다른 방향으로 나아갈 수 있는 통로가 된다. 지금껏 의견이 다르다고 제쳐두었던 말들, 고려하지 않았던 의견들. 그 중에서 쓸만한 게 얼마나 많았을까 생각해 보면, 무언가를 받아들였다면 어쩌면 내 인생은 크게 달라졌을지도 모른다.

모든 의견을 받아들일 필요는 없지만, 서둘러 마침표를 찍을 필요는 더더욱 없다. 가능성을 열어두고 물음표를 띄울 줄 아는 사람이 되는 것. 그것만으로도 당신의 세상은 훨씬 거대해질 것이다.

쉬어가도
잘못된 게 아니다

요즘 세상은 앞과 뒤, 두 방향으로만 움직일 수 있는 것 같다. 빠르게 급변하는 세상 속에서 뒤처지기 싫어서 빨리 나아가려 애쓰거나, 세상의 흐름에 따라가기 벅차 포기해 버리고 뒤로 물러서거나. 두 가지 선택지만 있는 느낌.

모든 사람이 강인한 마음을 가졌다면 정신없이 돌아가는 세상에서도 꿋꿋하게 앞으로 나아갈 수 있겠지만, 야속하게도 우리 대부분은 생각보다 연약한 마음을 가지고 있다. 멈춰 서고 싶고, 쉬고 싶고, 그만두고 싶고, 행복하고 싶은 감정이 공존하는 복잡하고도 불안한 마음.

나는 그런 이들에게 말하고 싶다. 세상은 앞과 뒤, 두 방향으로만 움직일 수 있는 것처럼 보여도 실은 하나의 선택지가 또 있다는 것을. 그건 바로 멈추어 서는 것이다. 붉은 노을 앞에서 잠시 멈춰 바라볼 수 있는 여유를 가지는 것도, 불 앞에서 멍하니 시간을 보내는 것도, 바닷가에 앉아 밤공기를 느끼는 것도 멈춰 서지 않으면 불가능한 일. 가만히 있는 것 또한 하나의 선택이라는 것.

앞으로 나아가거나, 뒤로 물러서기가 벅찰 때가 오면 얼마든지 멈춰 서도 된다. 가만히 있어도 세상에 뒤처지는 것이 아니다. 우리에겐 각자의 시간이 있고, 세상이 있으니까. 내가 가는 길에 멈춰 서야만 하는 이유가 있어서 그런 거니까. 가만히 있는다 해도 전혀 이상할 것 없다.

미완성
인생

행복을 품고
사는 사람

하나를 봐도 기분 좋아지는 걸 보는 게 좋다.
흐린 날의 분위기도 좋지만
이왕이면 화사한 풍경을 보는 것이
마음까지 환해지는 기분이라 더 좋다.

사람은 어쩔 수 없이 웃고, 운다.
수많은 감정이 오고 가고 그중에 몇 개를 남겨
짧게는 오늘 하루, 길게는 한 달 넘게까지
내 마음에 담아둔다.

만약 당신의 오늘이 좋지 않은 하루였어도
선물처럼 찾아오는 사소한 행복의 순간을 간직한 채
살아간다면 그럭저럭 버틸만한 하루가 될 거고
좋지 않은 기억만 남긴 채 살아간다면
뭘 해도 어두운 하루가 될 거다.

긍정적인 사람과 부정적인 사람의 차이는 별거 없다.
같은 상황에 놓였을 때 좋은 걸 생각하는지
아니면 나쁜 걸 생각하는지 그뿐.

좋았던 순간을 잊어버리지 않게 기록하고 간직하자.
사소한 것에 감사하는 사람이 되자.
오늘 하루는 내 마음이 만들어 내는 것이니까.
내 마음에 떠다니는 감정은 내가 고르는 것이니까.

미완성
인생

웃고
우는 삶

어쩌면 행복은 슬픔과 비슷하게 생긴 게 아닐까.

얼핏 보면 정반대의 감정 같지만,

자세히 들여다보면 별반 다르지 않은 게 아닐까.

행복했던 순간을 떠올리면 입가에 미소가 지어지지만

왠지 모르게 마음 한편이 글썽일 때도 있는 것처럼

행복과 슬픔은 크게 다르지 않을지도 모른다.

행복하다가도 슬플 수 있고, 슬프다가도 행복할 수 있고

우리가 웃고 우는 것도 실은 별일 아닌 일일지도 모른다.

눅눅한
어른

이십 대 초반, 내 앞에 펼쳐진 세상은 참 거대해 보였다. 정신없이 흘러가는 사람들. 빼곡하게 가득 차 있던 올림픽대로. 다들 어디론가 바삐 움직이는데 거대한 세상 속 나만 어디로 가야 할지 모르는 것 같았다.

어른이 되고 싶었다. 어른 흉내를 내기 시작했다. 돈을 벌었고 나를 치장하는 데 돈을 썼다. 옷도 사고, 근사한 시계도 사고 어른처럼 보이기 위해 애썼다. 하지만 그건 부질없는 짓이었다. 진짜로 열심히 살아가는 어른에게서는 화려함보다 약간의 눅눅함이 느껴졌다. 삶에 익숙해질 대로 익숙해져버린 눈빛. 빛나는 모습이 아니라 어딘가 체념한 듯한 모습. 그건 따라 할 수가 없었다.

거대한 세상에 한 발 내딛던 때가 생각난다. 그때 내가 생각했던 어른은 기껏 해봐야 이십 대 중후반의 사람들이었는데, 나는 지금 어른이 된 걸까. 화려함보다 눅눅함을 가진 사람이 된 걸까. 아직도 잘 모르겠다.

지나고 나서 보니 아쉬운 장면이 떠오른다. 호기롭게 도전할 수 있었음에도 하지 않았던 순간. 갈 수 있었음에도 가지 않았던 때. 잡을 수 있었음에도 무심히 흘려보낸 관계, 너무 빨리 포기해버린 일. 청춘을 조금 더 빼곡히 쓸걸. 남김없이 아쉬움 없이 뛰어놀고 망쳐볼걸.

어른의 눈빛에서 눅눅함이 느껴졌던 이유를 이제야 조금은 알 것 같다. 어쩌면 그건 아쉬움이 아니었을까. 더 뜨겁게 살 수 있었던 청춘. 조금 더 무모하게 뛰어들 수 있었던 청춘. 사랑하고 이별하기에 좋았던 시간과 그러지 못한 후회.

어른들에게는 왠지 모를 눅눅함이 있다. 아쉬움이 있다.
나도 그런 어른이 된 것만 같다.

좋은
경험

한 행사장에서 초청 가수로 뮤지컬 배우가 왔었다.
그 배우는 '황금별'이라는 노래를 불렀는데
엄청난 성량과 마음을 울리는 목소리에
한동안 그 노래에서 헤어나오지 못했던 기억이 있다.

그때부터였을까. 새로운 버킷리스트가 생겼다.
그건 바로 '좋아하는 가수의 콘서트에 가보는 것'.
단 한 번이라도 좋으니 반드시 가보는 것.

얼굴을 직접 볼 수 있다는 기대감보다는
살면서 한 번은 같은 공간에 있었다는 것에
의미를 두고 몇 번의 콘서트에 다녀왔는데
음원보다 생생하고 울림이 있었을 뿐만 아니라
음원과는 달리 세월이 흘러 조금은 달라진 목소리,
가사와 가사 사이 호흡 하나하나가 감동이었다.

그리고 나는 또 다짐했다.

남은 삶은 소유하기 위해 소비하는 것이 아니라
경험하기 위해 돈과 시간을 쓰겠다고.

10년이 지나도 여전히 쓸 만한 물건은 몇 없지만,
어떤 경험은 몇십 년이 흘러도 마음 안에 기억되니까.
그 기억이 평생의 자랑이 되기도 하니까.

미완성
인생

변하지
않아도 된다

언젠가부터 그런 생각이 들었다. 빠르게 변하는 세상의 흐름에 맞춰 변하는 게 좋은 것인지 하는 생각. 내가 가진 것들과 내가 좋아하는 것들을 꼭 바꿔야 하는 게 맞는 걸까 하는 생각.

가끔은 변하지 않았으면 하는 것들이 있다. 좋아하는 장소, 좋아하는 식당, 좋아하는 사람, 좋아하는 계절 같은 것들. 그것들이 변해간다면 속상할 것 같은데 나는 나 자신을 참 많이도 바꾸려고 했다.

나도 누군가에겐 변하지 않았으면 하는 존재, 고유한 빛으로 계속해서 빛나주었으면 하는 사람일지도 모르는데 왜 변화를 강요했을까. 나는 나를 지켜내고 싶다. 내가 잘하는 것과 내가 가진 힘을 믿으며 더욱 빛나고 싶다.

지금 내 모습이 좋다면, 내 삶이 좋다면 세상이 어떻게 변할지라도 이 모습 그대로 나를 사랑해 주고 사랑받고 싶다. 변하지 않는 모습으로 오래오래 누군가에게 기억되고 싶다.

미완성
인생

나를 움직이는 건
나의 마음

버스정류장에 붙은 전시회 포스터를 보고 갈까 말까, 고민했던 적이 있다. 무슨 전시회인지 인터넷에 검색도 해봤는데 어떤 블로그에 그 전시회가 별로였다는 글이 있었다. 나는 순간 멈칫했다. 그 글을 보고 나니 실제로 기대치도 낮아지고 가고 싶은 마음도 사라졌기 때문이다.

문득 예전 기억들이 머리에 스쳤다. 누군가가 맛없다고 했던 식당은 내 입맛에는 괜찮아서 자주 찾아갔었고, 눈물까지 흘려가며 감명 깊게 본 영화의 인터넷 평점은 생각보다 낮았었다. 그런데 나는 또 타인의 감상을 절대적인 것으로 생각했구나. 그리고 다짐했다. 그 전시회에 기필코 다녀오겠다고.

엄청 좋지도, 그렇지만 최악도 아니었던 무난하게 좋은 전시회였지만 그보다 더 중요한 걸 깨달았다. 모든 건 직접 경험해 봐야 알 수 있다는 것. 타인의 평가와 경험이 나와 온전히 같을 수는 없다는 것.

남은 인생은 나를 멈춰 세우는 말에 흔들리지 않는 삶을 살아야겠다. '생각보다 별로라는 말, 기대하지 말라는 말, 하지 말라는 말' 그 모든 말은 직접 겪어보기 전에는 공감하지 않기로.

넘치지
않을 만큼

사람의 마음 안에는 행복을 담는 그릇이 있대요. 전에는 그릇이 넘칠 만큼 행복이 가득했으면 좋겠다고 생각한 적이 있었지만, 어느 순간부터는 일정 이상의 행복은 없어도 되겠다 싶더라고요.

아무리 맛있는 음식도 그릇에 적당히 담아야만 보기에도 좋고 맛있게 먹을 수 있는 것처럼 일정 이상의 행복을 받으면 적정량의 행복만 남기고 다른 이들에게 나눌 수도 있다는 걸 알게된 거죠.

산다는 건 그 적당함을 찾아가는 것이 아닐까, 생각해요. 나의 적정량은 이쯤이구나. 여기서부터는 나눠도 괜찮은 행복이구나. 세상은 그렇게 따뜻해지는 거지요. 애써 짜내는 마음이 아니라 자연스럽게 흘러나오는 마음으로 그렇게 시작하는 거지요.

떳떳한
인간

살다 보면 스스로를 증명해야 하는 순간들이 찾아와 나를 구석
으로 몰아세운다. 한때는 나의 고유함과 특별함이 무엇일까 생
각했었고 그것을 말한들 사람들이 믿어주지 않으면 어떡하지
마음 졸였던 적도 있었지만, 나의 떳떳함과 나를 오래 봐왔던
사람들의 인정이 하나의 증명이 될 수도 있겠다고 생각했다.
한결같이 떳떳하게만 살아가도 사람들은 나를 알아준다는 사
실, 그 어떤 비슷한 파도가 밀려와도 내가 만든 파도와는 다르
다는 사실, 그걸 알게 됐다.

미완성
인생

기대하지 않는
연습

기대가 사람을 망친다. 마음속으로 무언가를 바라고 행동하면 자주 실망하지만 아무런 기대 없이 살아가는 사람에게는 의외의 기쁨이 있다. 예상치 못한 선물, 나를 데리러 나온 사람을 마주했을 때, 생각보다 더 좋은 날씨. 그 모든 게 행복이 된다.

나는 기대 없이 살아가고 있다. 사람에게도, 내 인생에도 무언가를 바라지 않고 내가 할 수 있는 것에만 신경을 쏟는다. 기분 좋은 상상이 실제로 일어났을 때는 말도 못 할 만큼 기쁘지만, 상상과는 반대로 흘러가게 되면 기대했던 것보다 더 쓰라리니까.

앞으로도 기대라는 상상을 멈추고 다가올 감정을 온전히 마주해야겠다. 어떤 일이 일어날지 모르는 세상이니까. 별거 아닌 것 같지만 소소한 행복에 크게 행복하고, 잦은 실망에 무너지지 않는 나만의 방법이다.

유리병처럼

요즘엔 완벽한 사람보다 조금 어설플지 몰라도 완결 지을 줄 아는 사람이 더 멋있는 것 같아. 그럴 때가 있잖아. 시작은 했는데 결과물은 없을 때, 계획은 했는데 생각했던 것과는 달라서 그만두게 될 때. 그런 순간이 쌓이니 끝까지 가는 법을 잊어버리게 되더라. 포기하는 게 쉬워지고 쉽게 무력해지고 결국에는 머뭇거리는 사람이 돼.

최근에 본 영화에서 골동품점 주인이 백 년도 더 된 유리병을 보면서 이런 말을 했어.

"평범한 유리병일 뿐이지만 안 깨졌다는 이유로 여기 있게 된 거지."

깨지지 않은 것만으로도 가치가 있다니. 완벽해지길 바라는 사람이 아니라 끝까지 갈 줄 아는 사람이 되어야겠다는 생각을 해. 보기에는 별로일지 몰라도 매듭지을 줄 아는 사람. 그런 사람이 되고 싶어.

당연시하지 않는
마음

조금만 생각해 보면 평범한 것 같은 하루에도 행복한 순간은 꽤 많다. 아침에 눈을 떴는데 기분 좋은 햇살이 방안을 가득 채우고, 아끼는 사람과 식사를 같이 하고, 선선한 가을바람 맞으며 좋아하는 노래 한 곡을 듣고.

누군가에겐 흔한 일처럼 느껴질지도 모르겠지만, 행복하게 살아가는 사람은 이 모든 걸 선물처럼 생각한다. 나는 지금 어떤 마음가짐으로 살아가고 있을까. 큰 행복만 바라고 작은 불행에 크게 흔들린 건 아닐까 한 번쯤 생각해 봐야겠다. 잘 살아가기 위해선 내 안에 튼튼한 기둥을 세워야만 하니까.

소소한 것에 행복할 줄 알고 모든 걸 당연시하지 않는 마음으로 살아갈 줄 아는 건, 그 어떤 것보다 값진 자산이 된다. 누군가의 친절에 감사할 줄 아는 마음, 내가 가진 것에 만족할 수 있는 여유 등. 행복한 삶에는 반드시 정신적인 풍요로움이 있다.

그리고 그건 우리가 행복할 수밖에 없는 이유가 된다.

분실물

쓸모 있다고 생각해서 산 것들은 쓸모를 채워주지도 못한 채 사라졌고, 나를 쏟아부어 영원을 약속했던 사랑은 처음부터 존재하지 않았던 것처럼 흩어졌다. 산다는 건 분실물이 늘어나는 것. 한때는 전부였던 것들이 별거 아닌 것이 되는 것이 아닐까.

그렇지만 한때 전부였던 것들이 별거 아닌 것이 된다고 해도, 절실히 필요했던 것이 쓸모없는 것이 될 때가 온다고 해도, 없어서는 안 될 것 같던 사람이 어떻게 사는지 모를 정도로 무감각해질 때가 있다고 해도, 나는 언제나 내 마음이 원하는 모든 걸 보고, 겪고, 만지고, 느끼며 순간을 살아낼 거다.

사고 싶은 물건이 생기면 그 물건의 쓸모를 따지기보다는 그 덕분에 행복해질 내 마음을 생각하고, 좋아하는 사람에게 주는 선물이 한철 쓰이다 버려지진 않을까 머뭇거리기보다는 선물을 받았을 때 좋아할 그 사람을 먼저 생각하고, 영원한 건 없다고 단언하며 영원하지 않은 모든 순간을 미적지근하게 살아가기보다는 그러기에 더욱더 뜨거운 마음으로 살아갈 테다.

내가 가진 유한한 시간을 소중하게 생각하면서. 지금 내 마음이 뛰고, 바라는 모든 순간을 우선으로 생각하면서. 앞으로 많은 걸 분실하게 될지라도 그만큼 더 많은 걸 느꼈다고 생각하면서 그렇게 사는 게 나는 더 좋은 것 같다.

계속 걸어간다면
충분히 멋진 삶

몇 년 주기로 전환점이 찾아온다. 늘 그래 왔다. 행복하다 싶으면 괴로운 일이 생겼고, 죽을 것 같다가도 금세 웃을 일이 생겼다. 그래서일까, 마음가짐 또한 매번 달라졌다. 할 수 있는 건 뭐든 다 해야겠다는 각오로 뜨겁게 뛰어들던 때도 있었고, 잃어버린 삶의 의미를 찾겠다는 마음으로 재정비할 때도 있었다. 그리고 그 어떤 순간에도 딱 하나 변하지 않았던 마음가짐은 무슨 일이 있어도 삶을 가만두지는 말아야겠다는 거였다.

삶을 잘 살아내지는 못하더라도 내 삶을 가만두지는 않겠다는 각오. 이것만큼 훌륭한 마음가짐은 없다고 생각한다. 마음이 강인한 사람은 스스로 기대하고 실망하고, 좌절해도 이겨낼 수 있겠지만 얇은 마음으로 살아가는 나에게 이것만큼 와 닿는 다짐은 없었다. 어떤 순간이 찾아와도 내 삶을 가만두지 않겠다는 말은 절대로 포기하지 않겠다는 말이기에, 어떤 방식으로든 온 힘을 다해 살아가는 것. 내가 할 수 있는 최선의 모습으로 끝

맺음하는 것. 이건 우리 모두에게 필요한 말이 아닐까.

매 순간 온 힘을 다해 살아갈 뿐인 우리. 삶이 어떻게 흘러갈지
몰라도 어떤 식으로든 살아가고만 있다면 충분히 잘하고 있는
거라고 말해주고 싶다. 그것만으로도 아주 멋진 일이다. 멋진
삶이다. 멋진 우리다.

행복은
상대적인 것

행복의 크기는 상대적이다. 누군가는 모처럼 외출한 날 생각보다 날씨가 좋다는 이유만으로 온종일 웃음 짓는 하루를 보내고, 또 다른 누군가는 가지고 싶었던 물건을 소유하면서 만족스러운 행복을 느낀다.

둘의 행복은 엄연히 다른 방식이지만 둘이 느끼는 행복의 크기는 같을 수 있다. 내가 느끼는 행복만이 최고라거나 남의 행복을 보며 깎아내리는 건 참 부질없는 생각과 행동이라는 거다.

행복은 절대로 비교할 수 없다. 남들이 느끼는 행복한 모습을 보면서 내가 느끼는 행복이 별 볼 일 없다거나, 내 삶이 불행하다고 생각할 필요도 없다.

살아가면서 가장 중요한 건 내가 가치 있다고 생각하는 걸 믿는 거다. 그 누가 뭐라고 해도 깎아내린다 해도, 자연스레 느낄

수 있는 행복이 내게는 가장 소중한 행복이라는 것. 그 사실을
잊지 않았으면 좋겠다.

미완성
인생

흘러간 건
흘러간 대로

지나간 건 지나간 대로 두는 게 좋은 걸 알면서도 자꾸만 뒤돌아보고 멈칫한다. 죽도록 싫었던 사람도 어떻게 지내나 궁금해하는 순간 모든 게 부질없음을 깨닫는다. 인간은 후회의 동물이다. '만약 그랬더라면, 그러지 않았다면…'이라는 가정으로 한참을 낭비한다. 후회해도 달라지는 건 없는데, 잊어버려야만 무언가 찾아오는 건데.

이미 지나간 건 아무런 소용이 없다. 애써도 이야기는 바뀌지 않는다. 훌훌 털고 나아가고 싶다면, 더 나은 사람이 되고 싶다면 손에 쥔 미련을 놓아줘야 한다. 우리가 괴로운 건 실수나, 부족함 때문이 아니라 붙잡고 있는 마음 때문이니까.

떠나보낼 건 떠나보내는 사람이 되자.

눈치

하늘에 걸린 똑같은 달을 보면서도 우리는 다른 생각을 해. 누군가는 슬픈 생각, 누군가는 행복한 생각, 누군가는 우울한 생각. 참 신기하지. 같은 것을 보면서도 이렇게 다른 생각을 하게 된다는 게.

그럴 때도 있다. 남 눈치를 보느라 머뭇거리게 될 때. 괜한 일을 벌이는 건 아닐까. 내가 멋지다고 생각한 것을 누군가가 비웃으면 어쩌지. 그러면서 주눅 들고 포기해 버려. 그냥 하면 되는데.

사람들은 같은 것을 보고도 다른 생각을 한다는 말. 그 말은 내가 하는 걱정이 나만 하는 걱정일 수도 있다는 거야. 남들이 우습게 볼까 봐 걱정인 마음, 왠지 모르게 부끄러운 내 모습. 모든 게 내가 만들어 낸 벽일 수도 있다는 거지.

우린 그 벽에 압도되지 말자. 실재하지 않는 벽 앞에서 좌절하지 말자. 처음은 누구나 어렵고 그렇기에 도전은 늘 멋지며, 모두가 나를 비웃지 않을까 걱정할 때도 여전히 나를 응원하는 누군가가 있다는 사실을 기억하면서.

미완성
인생

나의
원동력

우리를 살아가게 하는 건 거대한 행복이 아니라 일상에서 마주하는 작은 행복, 또 그걸 온전히 누릴 수 있는 걱정 없는 마음인 것 같아. 마음이 평온하지 않으면 어떤 행복도 받아들일 수 없어. 큰 행복은 나를 압도하지만, 사소한 행복은 꾸준히 찾아와 나를 웃게 해주니까.

버텨낸
하루

무언가를 이루기 위해서는 거창한 것들이 필요할 것만 같지만 실은 하루하루 버텨낼 힘만 있으면 된다. 당장 빛을 보지 못하더라도, 생각만큼 성과가 나오지 않는 하루라고 해도 내일이 오면 똑같이 하루를 살아낼 수 있는 사람. 습관처럼 하루하루를 살아내는 사람. 그런 사람만이 원하는 것을 가질 수 있다.

빛을 볼 날은 그렇게 만들어진다. 어떻게든 버텨낸 당신의 하루가 모여서, 꾸준히 노력한 당신의 끈기가 뭉쳐져서. 당장 결과를 알 수 없더라도 놓아버리지만 않으면 된다.

미완성
인생

행운은
잠시일 뿐

잊지 않았으면 좋겠다. 행운은 길게 펼쳐진 삶 위에 가끔 찾아 오는 무지개 같은 것. 좋은 일이 생겼어도 멈춰 서지 않고 흘러 가는 하루하루를 살아가야만 또 다른 무지개가 찾아온다는 것.

가끔 찾아오는 행운, 그건 참 선물 같은 일이지만 영원한 것은 아니다. 그 행운에 취해 삶을 내팽개치지는 않기를 바란다. 무 지개가 걷히면 우린 또 살아가야 하니까. 삶을 이어가야 하니까.

행복하고
싶다

누군가 지금 행복하냐고 물어본다면 자신 있게 대답은 못 할 것 같다. 한번 느껴본 행복은 또다시 설렘이 되기 어렵고 그럴 때마다 때 묻지 않았던 행복이 그리워진다. 어렸을 때 느꼈던 소소한 행복. 지금 생각해 보면 참 별거 아니었던 것들이었는데, 지금은 돈을 줘도 갖지 못하는 것이 되었다. 잠시 웃고 마는 것이 아니라 잠잘 때까지도 생각나는 그런 행복. 지난 후회도 어제의 실수도 웃으면서 극복할 수 있는 행복.

행복하고 싶다. 마음 깊은 곳에서 절로 웃음이 나올 만큼, 지나간 후회 따위 가볍게 여길 수 있을 만큼, 걱정 몇 개쯤 흘려보낼 수 있을 만큼. 진짜 행복은 삶의 여러 군데가 무너져도 개의치 않고 우리를 살아가게 하니까.

한계에 닿는
순간

가끔 생각한다. 노력이 빛나는 순간은 누군가에게 인정받는 순간이 아니라 나의 한계와 맞닿을 때가 아닐까, 하고.

할 수 있는 최대한의 노력을 쏟고 최선의 길로 나아가면서 나의 한계에 부딪히는 일. 어정쩡한 마음으로는 절대 가보지 못하는 길. 끝까지 가지 않는다면 가보지 못하는 길. 결과가 아쉬워도 후회하지 않을 수 있는 유일한 길. 그 길로 나아가는 것.

결과가 어떻든 노력하는 사람들이 멋진 이유는 바로 그 이유다. 자신의 한계를 두려워하지 않고 뛰어넘을 자세로 임하기 때문에. 그 자체로 이미 대단한 사람이라고 말해주고 싶다.

원하는 결과를 얻지 못했어도, 다른 사람이 인정해 주지 않더라도 괜찮다. 나의 한계에 다다를 만큼 온 힘을 쏟아부었다면, 어쩌다 한계를 부수고 새로운 한계를 만들어 내기라도 했다면,

그 노력은 헛되지 않았으니까.

미완성
인생

내 삶의
주인

예전에는 하고 싶은 일이 있으면 저지르고 봤다. 책을 쓰고 싶어서 무작정 글을 썼고, 전시회를 하고 싶어서 전시회를 열었다. 그 누구의 말을 듣고 한 일들이 아니었다. 내 안의 목소리를 들었고 그걸 따랐다. 하지만 언젠가부터 주저하기 시작했다. 무언가를 하기 전에 남들의 의견부터 들어보고, 시작도 전에 그만두는 일까지 생겼다. 이게 무슨 일인가. 어딘가 잘못되었다고 생각했다.

생각해 보면 나는 남들의 말을 따르는 게 인생의 공략집이라고 생각했던 것 같다. 그래서 언젠가부터 내 마음의 소리를 듣기보다는 남들의 의견을 묻고 고민했던 거다.

이제 나는 내 생각과 마음을 믿기로 했다. 남들의 말에 할까, 말까가 되지 않도록 모든 결정은 내 마음이 시키는 대로 따르기로 했다. 결과가 좋든, 좋지 않든 상관하지 않을 거다. 가고 싶지 않은 길이라고 가지 않을 수 있다면 얼마나 좋겠냐 만은 인생이 그렇던가? 피해 가고 싶어도 지나가야 하는 길인 때도 있다.

내 삶의 주인은 나다. 대신 살아주지도 않는 다른 사람의 말에 삶이 흔들려서는 안 될 것 같다. 내가 가고 싶은 길이 있다면 주저하지 않고 떠나야겠다. 그 길이 멀리 돌아가는 길이면 어떤가. 그래도 그 길을 걷는 게 더 건강한 삶이 될 것은 분명할 텐데.

우울을
배웅하는 법

우울증이 정말로 무서운 건 바람처럼 사라지고 싶다고 생각한다는 거다. 바람이 불었다 가면서 모든 아픔이 사라졌으면, 나를 괴롭게 하는 일들 또한 소멸하기를 바라는 거다. 그리고 그렇게 돼도 별 감흥 없을 거로 생각한다는 거, 그렇게 느낀다는 거. 그게 우울의 무서움이다.

하지만 많은 사람은 이 감정을 이해하지 못한다. 이런저런 해결책을 말해주고, 우울을 벗겨내기 위해 애쓰면 괜찮아질 거로 생각하지만 우울을 겪은 사람은 이미 그 모든 과정을 한참 지나쳐 온 상황이다. 우울한 사람은 그 누구보다 현실을 제대로 파악하고 있다는 걸 잊어서는 안 된다. 현실이 괴로운 사람에게 현실을 일깨워 주는 건 독을 들이붓는 일일지도 모르니까.

마음이 약해지는 순간이 오면 눈 딱 감고 한숨 자버리거나 가만히 멍 때리고 있는 일이 도움이 됐던 것 같다. 마음이 흔들릴 때 하는 생각은 자연스레 불안할 수밖에 없으니까.

살다 보면 몇 번이고 찾아오는 손님 같은 우울. 이왕이면 제대로 배웅해 주고 싶다. 진정 행복한 삶은 가끔 찾아오는 우울한 시기를 잘 흘려보내야만 얻을 수 있다고 생각하니까.

미완성
인생

굳는
감정

일상에 바쁘게 몰두하다 보면 해결되지 않은 문제와 소란스러운 마음을 무시하고 지나칠 때가 많다. 한두 번쯤이야 모른 척 지나갈 수도, 까맣게 잊어버릴 수도 있다. 그러면 모든 게 괜찮아진 걸까? 아니다. 시간이 지나 다시 또 직면하게 되면 그 문제는 과거에는 나를 휘청이게 한 바람이었어도 어느새 몸집이 커져 나를 휩쓸어 버릴 태풍이 되어 덮쳐 온다.

이런 일을 예방하기 위해서는 주기적으로 마음을 돌볼 줄 알아야 한다. 내 안에 나를 좀먹을 슬픔과 미련은 없는지, 이리저리 꼬여 엉켜버린 문제는 없는지. 끊임없이 내게 묻고 또 다가서야 할 것이다.

밖으로 꺼내지 못한 감정이 쌓이면 속에서부터 천천히 굳어, 어떻게 해도 떼어낼 수 없게 될 테니까. 더는 마음을 돌보는 일을 미루지 않아야겠다. 알아서 괜찮아지는 일은 없다.

떠나는
연습

삶이 무료할 땐 간단하게라도 여행을 떠나자. 거창한 계획은 필요 없다. 근사한 여행지에 놀러 가야만 여행이 되는 건 아니다. 가겠다고 마음만 먹었던 동네 뒷산에 오르는 것도, 차를 타고 달려와 호수 한 바퀴를 산책하는 일도 여행이 될 수 있다. 여행은 나를 새로 고치는 것. 마음에 쌓인 걱정과 미련들을. 한순간에 털어버릴 수 있는 유일한 것. 간혹 사라지지 않는 걱정이 있다고 해도, 걱정을 마주하는 자세가 달라지니 상관없다. 생각이 많을수록 어딘가에 갇혀 있으면 안 된다. 딱 몇 발만 옆으로 옮기면, 나를 위로해 주는 세상이 있으니까.

미완성
인생

자존감은
나를 받아들이는 것

나의 불완전함을 인정하고 받아들이는 순간 신기하게도 자존감이 지켜진다. '내가 부족하다는 사실을 스스로 인정하는 게 어떻게 자존감을 높이는 방법이 될 수 있지?' 스스로 의구심을 가졌던 때도 있었지만, 이내 가장 중요한 사실을 깨달았다. 나는 계속해서 흐르고 있고, 앞으로 나아가고 있다는 사실. 인생에 있어서 부족한 나를 인정하는 순간은 종착점이 아닌 시작점이 될 수도 있다는 것.

어딘가 부족한 나의 모습은 채울 수 있는 공간이 많은 사람이라는 뜻이고, 그만큼 거대한 가능성을 가진 사람이라고도 볼 수 있다. 하지만 나 자신을 인정하지 않고 거부한다면 가능성을 꿈꾸는 사람이 아니라 벽 앞에 막혀 멈춰버린 사람이 된다.

나 자신을 인정하고 받아들이는 과정은 쉽지 않은 길이다. 부족한 자신의 모습을 보고도 괜찮다고 끄덕일 수 있는 사람도 많지 않다. 하지만 내가 어떤 모습이든 간에 그 모습을 사랑해 줄 수 있는 것, 그 모습을 존중할 수 있는 것. 그게 바로 자존감을 지키는 시작점이다.

지금의 내가 부족하고 보잘것없다고 느껴지는가. 그건 아무런 문제가 되지 않는다. 우리에게 중요한 건 더 나은 모습으로 나아갈 준비가 되었는지, 지금의 나를 이해할 준비가 되었는지, 단지 그뿐이니까.

될 수도
있잖아

"안 되는 건 안 돼."

인정하긴 싫지만, 이 세상에는 그 어떤 노력으로도 되지 않는 일들이 있다. 그건 누군가의 꿈이기도, 간절한 사랑일 수도 있다. 하지만 그렇다고 해서 가슴 뛰는 사랑을 모른척하거나, 뛰어들고 싶은 순간을 외면하기는 싫다. 넘을 수 없는 벽인 것 같아도, 이룰 수 없는 사랑인 것 같아도 기적처럼 해냈던 순간이 있었기에.

내 마음이 이끄는 곳으로 가볼 것 같다. 그 끝이 안 될 운명이었다고 해도 물러서지 않았다는 것. 마음 힘껏 부딪혀 봤다는 것. 그 후련함은 후회를 남기지 않고 또 다른 동기가 되어줄 테니까.

"안 되는 건 안 돼. 그런데 될 수도 있잖아?"의 마음으로 살아가야지.

인정하는
법

유난히 삶이 날카롭게 느껴질 때가 있다. 누구에게나 이런 순간은 온다. 살아가는 것이 힘들 때, 때아닌 악재가 겹칠 때, 삶의 갈림길에 서서 고민해야 할 때 사람은 특히나 더 예민해지고 건조해진다. 그런데 간혹 그런 순간을 인정하지 못하는 사람이 있다. 그 순간에 자신을 탓하며, 더 깊고 어두운 곳으로 스스로를 몰아넣는 사람이 있다.

우리는 인정할 줄 알아야 한다. 그래야 쉽게 고장 나지 않는다. 밀어낸다고 해서 밀려날 힘듦이 아니고, 외면한다고 해서 보이지 않을 아픔이 아니다. 그 순간이 오면 아, 때가 왔구나 하고 받아들여야 슬픔은 서서히 내 안에서 빠져나간다.

인생무상

모든 것에는 끝이 있다. 끝이 다가오는 시간은 저마다 달라서 누군가는 일찍 지고, 누군가는 늦게 저문다. 인생을 살다 보면 허무를 느끼는 일이 많다. 누구보다 열심히 살아왔음을 자부했지만 내가 일궈놓은 것을 단번에 뛰어넘는 사람을 만났을 때, 지키려 애썼던 무언가가 물거품처럼 사라지게 될 때, 사랑하는 사람과 친구가 너무 빨리 세상을 떠나갔을 때 우리는 인생무상을 느낀다.

삶은 참 덧없다. 한결같지 않고 늘 변화가 찾아온다. 좋은 일이 생기면 나쁜 일이 찾아오고, 딱히 안주하지 않아도 위기와 불안에 휩싸이게 된다. 그런 순간을 몇 번 경험하고 나면 삶의 허무에 조금씩 잡아먹혀 압도당하기 쉽다.

하지만 삶이 덧없음을 인정하는 순간 조금은 숨이 트인다. 완벽하길 바랐던 삶이 완벽할 수는 없다는 것을 깨닫게 되고, 영원하길 바랐던 사람이 늘 곁에 있을 수는 없다는 사실을 알게 되고, 지금 눈앞에 펼쳐진 아름다운 풍경 또한 밤이 오면 어두 워진다는 것을 알게 되니 지금의 소중함을 더 크게 생각하게 됐다.

그렇다. 인생무상은 삶의 덧없음만을 뜻하는 게 아니었다. 끝을 맞이하기 전 허무를 느끼게 될 정도로 우리 삶에는 가치 있는 순간이 무수하게 존재하고 있음을, 지금 느낄 수 있는 행복을 미루지 않아야 한다는 것을 의미하는 거였다.

모든 것은 찰나일 뿐, 결국에는 흐릿해지고 끝끝내 사라진대도 삶을 살아갈 가치가 있게 만드는 그 잠깐의 순간을 흘려보내지 않고 음미한다면 우리의 끝이 그저 '덧없음'으로 마무리되는 일은 없지 않을까 싶다.

미완성
인생

어쩌다

셀 수도 없을 만큼 수많은 시작과 끝을 경험해 왔는데, 시작은 여전히 두렵고 끝은 아쉽고 허무하다. 살아가는 순간마다 숙제가 있었고 그것을 풀어내기도, 어설프게 끝마치기도 했다. 내가 어떻게 지난 삶을 무사히 건너 온 걸까. 몇 번씩이나 숨이 턱 막힐 만큼의 고비가 있었는데, 어떤 방법으로 결국 이겨내 이 자리에 있는 걸까. 아무리 생각해 봐도 답은 '어쩌다' 혹은 '그냥'인 것 같다. 잠깐 넘어지고 무너져도, 하염없이 눈물을 쏟아내는 일이 있더라도 적어도 앞은 보고 울었나 보다 하고 생각할 수밖에.

확실한 해결책을 모르기에 앞으로 닥쳐올 불안 앞에서도 어쩔 줄 몰라 하겠지만, 어려움으로부터 무사히 도망쳐 와도 또다시 막막해하겠지만, 결국 '어쩌다'의 힘을 빌려 이겨낼 수밖에 없겠지. 나는 그다지 대단한 사람이 아니지만 그렇게 내 삶을 지켜온 유일한 사람이니까. 내 삶에 아직 남은 시작과 끝 앞에서 주눅 들지 말아야지. 뒤돌아서지 않는다면, 물러나지 않는다면 모든 건 '어쩌다' 이겨낼 아픔이라고. 그렇게 생각해야겠다.

슬럼프

원고를 작성할 때, 커서가 깜빡이는 빈 화면을 볼 때마다 어떤 때는 막막한 심정이고 어떤 때는 얼른 글을 쓰고 싶어 안달 난 마음이다. 늘 매번 다른 감정이 느껴진다. 예전에는 커서가 깜빡거리는 시간이 대체로 짧았다. 써야 할 이야기가 밀려 있는 것처럼 쏟아내듯 자판을 두드렸다. 그런데 어느 순간부터는 깜빡이는 커서를 보는 시간이 늘어나는 것이 아닌가. 더는 할 말이 빠르게 떠오르지 않았다. 오랜 고민 끝에 써낸 글도 영 마음에 들지 않았다.

기어코 나에게도 이런 시간이 찾아왔구나. 분명히 슬럼프라고 생각했다. 처음에는 당황했고 그다음에는 초조했다. 그러고는 문제점을 찾기 시작했다. 슬럼프가 찾아온 원인이 반드시 존재할 거라고 생각해 생활 습관부터 사소한 마음가짐까지 점검하고 보완도 해봤지만, 그 후로도 별다른 효과는 없었다.

그렇게 몇 년이 지난 지금, '이제는 괜찮아진 건가요?' 궁금해하는 이들에게 답변을 드리자면 그때와 별반 다르지 않은 상태라고 말할 수 있을 것 같다. 커서가 깜빡이는 빈 화면을 보는 시간은 여전하고 할 말도 넘쳐나지는 않지만 적어도 그때처럼 막막하고 두렵지만은 않다.

어떻게 했길래 마음가짐이 달라진 걸까. 돌아보면 나는 내게 찾아온 변화에 맞서 싸우기보다는 받아들이는 쪽을 택했고, 내게 주어진 상황을 천천히 이해하기 시작했던 것 같다. 언제까지나 쓸 말이 넘쳐날 수는 없다고, 시간이 지나면서 조금 더 신중한 사람이 되어버린 것이라고 과거의 내 모습으로 지금의 나를 힘들게 하지 않게 됐다.

어쩌면 내게 필요했던 건 부정도, 긍정도 아닌 인정이 아니었을까 생각한다. 힘든 순간이 찾아왔대도 그 순간을 밀어내기만

미완성
인생

한다면 혹은 눈 가리고 행복하다고 스스로 세뇌하기만 했다면 그 후로도 계속해서 혼자만의 연극을 해야 했을 것이다.

이제는 어떤 순간이 찾아올지라도 겪어낼 자신이 있다. 지금보다 더 힘든 순간일 수도, 벅차게 기쁜 순간일 수도 있지만 흘러가는 시간처럼 나도, 내 마음도 계속해서 흐르고 변한다는 것을 아니까. 또 다른 슬럼프가 찾아온대도 그냥 그런 계절이 돌아왔구나! 웃어넘길 수 있는 여유로 맞설 수 있게 됐다.

시선은
앞에 두고

아쉬움은 등 뒤에 남지만, 가능성은 눈앞에 놓여 있다. 원하지 않은 결과와 뜻대로 되지 않은 일들에 마음 아파질 때마다 생각하는 말이다. 아쉬워할 수 있지만, 그 시간이 길어져선 안 된다. 등 뒤에 남은 아쉬움을 자꾸만 바라보고 생각하면 앞으로 나아갈 시간이 줄어들게 된다. 등 뒤에 남겨진 것보다는 눈앞의 것들에 시선과 마음을 두고 살아가고 싶다. 삐끗할 수 있어도 나아가는 걸 멈추지 않는 사람이 되고 싶다.

미완성
인생

나를
살아가게 하는 것

사람이 한번 망가지면 숨 쉬듯이 하던 일들이 숙제처럼 느껴지게 된다. 밥 먹기, 움직이기, 생각하기처럼 기본적인 것을 지키기 어려워지고 삶의 동기를 잃어버린다. 그래서일까, 요즘은 먹고 싶은 게 있고, 가고 싶은 곳이 있고, 하고 싶은 게 있다는 게 얼마나 다행인지 느끼고 있다. 별거 아닌 것 같지만, 우리를 살아가게 하는 삶의 의미가 되어주니까. 망가지지 않을 만큼의 행복을 주니까. 그 행복은 든든한 연료가 되어 우리를 내일로 나아가게 만드니까.

결점

예전에는 사람이 하나만 어긋나 있어도 그게 큰 결점으로 느껴졌었는데 이제는 결점이 하나밖에 없는 사람을 보면 어떻게 그럴 수가 있나? 싶은 생각이 먼저 들게 된다. 아니, 어떻게 하나밖에 없을 수가 있지? 싶어서.

마음만은 일도 잘하고, 주변 사람도 잘 챙기는 완벽한 사람이었으면 좋겠지만, 사실상 그건 불가능한 일이라는 걸 알고 있다. 이제는 살아가며 만나는 이들이 단점 하나 없기를 기대하지도 않는다. 사람은 누구나 흠을 가지고 있으니까. 흠을 애써 감추려 하지 않고 그걸 덮을만한 장점을 만들어야겠다고 다짐한다.

미완성
인생

새해를
앞두고

네가 꿈꾸는 새해는 어때? 무슨 일이 생길 것 같아? 나는 뭐랄까, 별다를 것 없이 흐를 것 같아. 근데 그러다가도 어느 날 영문 모를 택배 하나가 문 앞에 도착해 있을 것 같기도 해. 누가 보냈는지 모르는 상자를 보면서 나는 또 설레고 궁금해하고 잠 못 들겠지. 그런 한 해가 될 것 같아.

네가 꿈꾸는 네 모습은 뭐야? 새해가 오면 되고 싶은 모습. 이번에 나는 불확실한 소원을 비는 것보다 어떤 사람이 되어 살아갈지 생각해 보려고 해. 그건 소원과는 달리 마음만 먹으면 당장 새해부터 가능한 일이니까.

한 번쯤 생각해 보는 건 어떨까, 싶어. 어떤 사람이 되어 한 해를 살아내고 싶은지, 어떤 사람이 되어 한 해를 끝내고 싶은지. 간절한 소망도 물론 좋지만, 다가올 새해에는 진정한 우리의 모습을 찾을 수 있었으면 좋겠다. 내가 어떤 사람인지 나조차도 모르는 일 없도록, 내가 누구인지 스스로 정할 수 있는 한 해가 될 수 있게.

미완성
인생

한 걸음

힘든 시간을 보내고 있을 때는 한 걸음, 한 걸음이 모래주머니를 찬 것처럼 무겁게 느껴지곤 하지만 나는 믿는다. 내가 쏟았던 시간과 노력은 절대로 배신하지 않는다고, 버텨낸 만큼 더 환하게 빛날 수 있을 거라고.

당장은 미래를 상상해도 흐릿하겠지만 언젠가 당연하다는 듯이 내딛는 한 걸음이 날아가듯 가볍게 느껴지는 날이 올 거라고. 그때가 오면 더 멀리, 높게 나아갈 수 있다고 믿는다.

한 걸음 내디딜 때마다 우린 더 나아지고 있다.

사진첩

'요즘 행복한 적이 있었던가?'라는 의문이 들 때면 사진첩을 뒤적거리는 버릇이 있다. 사진 찍는 것을 좋아하는 사람이라서 다행이라고 생각될 때가 바로 이때다. 남는 건 사진이라는 말처럼, 사진첩 속에는 행복했던 순간이 잔뜩 보관되어 있다.

별안간 기분이 좋지 않을 때, 사는 게 힘들 때마다 우리는 습관처럼 행복해지고 싶다고 말한다. 나도 그랬고, 행복을 찾아 떠나곤 했다. 그런데 이런 생각 또한 들었다. 행복했던 기억을 자주 잊어버리면 아무리 행복을 느껴도 우울해지기 쉬운 게 아닐까. 사진첩을 뒤적거리면 행복했던 순간이 가득 있는데, 심지어 삼 일 전에도 행복했던 일이 있었는데 금방 잊어버리고 우울해하면 그게 다 무슨 소용인가 하고.

이제는 무작정 행복을 바라는 사람이 되기보다는 내게 찾아온 행복을 오래도록 기억할 줄 아는 사람이 되고 싶다. 행복한 일을 느껴야만 우울에서 벗어나는 사람보다 행복했던 기억을 떠올리는 것만으로도 또다시 행복해질 수 있는 사람이 되고 싶다. 행복은 그런 것이니까. 그 자체로 웃음이 나는 것, 우리의 곁에 가까이 있지만 잊어버리기 쉬운 것. 그러니 기억하기 위해 애써야겠다고.

미완성
인생

떠나는
이유

주기적으로 해외여행을 떠나곤 한다. 처음엔 다른 세상이 궁금해서였다. 처음 가보는 길, 낯선 언어가 들려오는 곳에 잠시나마 머물고 싶었다. 내가 알던 것이 전부가 아닌 세상 속에, 내가 모르는 새로운 세상 속에.

여행을 가서 참 많은 걸 배웠다. 다양한 문화와 새로운 언어는 물론이고 틀에 갇힌 생각에서 벗어나 새로운 관점으로 세상을 바라볼 수 있게 된 시각까지. 하지만 그중에서도 가장 놀랐던 것은 다양하게 살아가는 사람들의 모습이었다.

세상에는 길거리에 앉아 페인트통을 드럼 삼아 공연하는 사람, 거리에 앉아 그림을 그려주는 사람, 바다를 횡단하는 뱃사공 등 내가 모르는 다양한 모습으로 살아가는 사람이 많았고 그들은 더할 나위 없이 행복해 보였다.

그것을 목격한 순간, 내 인생관이 뒤바뀐 듯한 느낌이 들었다. 우물 안 개구리에서 벗어나 내가 할 수 있는 건 생각보다 많고, 행복할 방법 또한 무수하다는 것을 깨달았으니까. 내가 하던 걱정과 불안한 생각이 별거 아니었다고 느껴질 만큼 마음이 넓어진 기분이었다.

어쩌면 나도 몇 년 뒤에는 하고 싶은 게 달라져 다른 일을 하고 있을지도 모르지만 어떤 길을 걸어가든 그 길이 전부가 아니라는 걸 알고 있으니까. 내가 택한 길이 아니라 다른 길을 걸어도 행복할 수 있다는 걸 알고 있으니까 조금도 불안하지 않다. 내가 서 있는 곳은 세상 속 극히 일부고, 내가 서 있을 수 있는 곳은 그 정반대인 세상 그 모든 곳일 테니까.

어떤 모양이든 될 수 있고, 그게 무엇이든 할 수 있다고.

나의
결정

몸과 마음이 지쳐 하늘을 올려다보고 싶은 날에는 문득 걸어온 길을 다시금 생각하게 된다. 세상에 태어났을 때부터 지금의 내가 되기까지 이어져 온 길, 누군가는 그 길을 단순히 하나의 길이라고 생각할 수도 있지만 나는 다르다. 모든 사람은 사소한 선택과 결정으로 수천수만 개의 길을 걸어왔고, 그만큼 무수한 길을 앞으로도 또 걸어가지 않을까 생각한다.

우리는 매 순간 선택과 결정의 순간에 놓인다. 아주 사소한 것부터 인생을 좌지우지하는 중대한 결정까지. 수많은 선택지가 놓여 있고 무엇을 고를지는 온전히 나의 마음이다. 예전에는 내가 내린 결정이 옳은 것이었을까 후회하기도 했었는데, 지금은 옳은 결정과 옳지 않은 결정이 따로 있다고 생각하지 않는다.

한 가지 선택을 하면 또 다른 선택지가 생기고, 그 선택지 중에서 무엇을 선택하는지에 따라 갈 수 있는 길은 또 무수하게 생겨난다. 옳지 않은 결정이라고 생각했던 길이 맞는 길이었을 수도 있고, 옳았다고 생각한 길이 결국 틀린 길이 될 수도 있으니까.

우리가 할 수 있는 건 매 순간 가고 싶은 길을 고르는 것. 그 길을 선택한 나 자신을 원망하지 않고 다가올 수많은 길을 당당히 마주하는 것. 그게 전부가 아닐까. 우리는 절대로 맞는 길, 틀린 길을 고를 수 없으니 그저 나의 길을 믿고 나아가는 수밖에.

어떤 행복은
일렁인다

나이를 하나둘 먹어가면서 느끼는 건 이제는 행복하면 마냥 기쁜 것에서 멈추는 게 아니라 마음이 일렁인다는 것이다. 최근에 좋아하는 가수의 콘서트에 갔다가 너무 늦은 시간이라 앙코르 무대를 보지 못하고 콘서트장을 빠져나왔는데 나가는 길에 들려오는 노랫소리에 울컥했던 적이 있었다. 밤은 어둡고 집에 가야 하는데도 그때 그 순간 느껴지는 바람과 분위기가 지나치게 행복해서, 생에 몇 번이고 느낄 수 있는 순간이 아닌 것 같아서 그랬던 것 같다.

사랑하는 사람과 함께하는 시간, 부모님과 보내는 주말, 나를 향해 이유 없는 응원을 보내주는 사람이 있어 안도하는 밤.

예전이라면 웃고 말았을 테지만, 지금 내 마음이 뒤흔들리는 이유는 그 모든 게 너무나도 소중하다는 걸 깨달았기에 그런 거겠지. 값을 매길 수 없는 가치가 있다는 것도, 시간이 영원하지 않다는 것도 너무 잘 알기에 슬프면서도 행복한 거겠지.

사라지지 않게, 희미해지지 않게 충분히 느끼고 간직해야겠다고 다짐한다. 마음이 일렁일 만큼 너무나도 소중한 행복은 인생에 몇 번이고 다시 오지 않는다. 마음 한편에 소중하게 보관해야 한다.

그거면

돼

누군가 내게 말했다. 착하게 사는 사람만 바보 되는 세상인 것 같다고. 나쁜 사람이 더 잘 사는 것 같고 착해봤자 아무도 알아주지도 않고 씁쓸하다고. 나는 대답했다. 그런데 나는 알고 있잖아. 내가 베푸는 선의와 호의, 그 순간 조금 더 따뜻해진 마음. 다른 사람은 느끼지 못해도 나는 알고 있잖아. 그러면 된 거 아닐까? 다른 사람이 알아주지 않아도 내가 떳떳하면 되는 거고, 내가 그런 마음을 품었다는 사실이 더 중요한 게 아닐까.

나는 나에게 멋진 사람이 되고 싶다. 내가 바라는 모습이 되어 살아가고, 구태여 내가 어떤 사람인가 타인에게 물어볼 필요도 없이 나는 이런 사람이었다고 스스로 되뇔 수 있는 삶. 그렇게 쌓아온 내가 훗날 더 튼튼한 사람이 되지 않을까 싶다. 나를 잘 모르는 사람의 말에 휘둘리지도, 휘청일 필요도 없이 자부심을 가질 수 있는 나. 그게 더 멋진 사람인 거 같다.

2장

미완성
관계

사람을
만난다는 건

좋은 사람을 만난다는 건 좋은 삶을 만나게 된다는 것일지도 모른다. 어릴 때부터 종종 들었던 사람 잘 만나라는 말, 그때는 잘 모르고 끄덕였는데 이제는 무슨 뜻인지 알 것도 같다.

사실 삶은 혼자여도 괜찮다. 먹고, 놀고, 하고 싶은 것들을 눈치 볼 필요 없이 취향대로 삶을 꾸밀 수 있다. 하지만 혼자가 아닌 둘이라면 얘기가 다르다. 때때로 남의 의견에 따라야 할 때가 온다.

바로 그때, 내 삶의 줄기는 예상하지 못한 곳으로 뻗어 나간다. 혼자라면 걷지 않았을 길, 혼자라면 고르지 않았을 선택지, 혼자라면 불가능했던 색다른 경험까지. 옆에 있는 사람에 따라 내가 겪게 될 경험들이 수천 갈래로 나뉜다.

어쩌면 '사람 잘 만나라'는 말 속에는 옆에 있는 사람으로 인해 내 삶이 어떤 꽃을 피우게 될지 모르는 일이니, 신중하란 뜻이 담겨 있는 게 아닐까.

매번 색다른 행복을 가져다주는 사람이 있는 반면에, 나를 축축 처지게 만드는 사람도 있으니까. 웬만하면 행복을 향해 줄기를 뻗어나가는 사람을 만나야겠다.

미완성
관계

나를 싫어하는 사람을
마주했을 때

어제는 엄마와 이런저런 대화를 나눴다. 가장 기억에 남았던 건 나를 일방적으로 싫어하는 사람을 마주했을 때 어떻게 대처해야 하는지에 관한 이야기였다. 엄마는 자영업을 하는데, 어떤 고객이 말도 안 되는 이유로 트집을 잡았던 적이 있다고 했다. 그걸로 끝나지 않고 관련 카페에 악의적으로 편집해 글을 쓰고, 반응이 없자 삭제하고 올리고 그걸 반복했단다.

나라면 억울해서라도, 반박하는 글이라도 올렸을 것 같은데 엄마는 절대로 반응하지 않았다고 했다. 떳떳하다는 그 이유 하나만으로. 잘못하지 않았다는 걸 스스로 알고 있고, 나를 아는 사람들은 내가 그러지 않을 사람이라는 것을 알고 있기에 시간이 가기만을 기다렸다고 한다.

그러자 어떻게 됐을까. 결국, 그쪽이 먼저 포기했다. 계속 글을 올려도 사람들은 아무런 반응이 없었고, 나중엔 엄마를 아는 사람들이 참다못해 반박하는 댓글까지 다니 꼬리를 내린 거다.

이 얘기를 듣고 이유 없이 나를 깎아내리고 흔드는 말에 동요할 필요가 없다는 걸 알게 됐다. 나만 떳떳하다면 지나가는 바람일 뿐이고, 신경 써봤자 마음만 괴로울 테니 그냥 덮어두는 게 최선이라는 것. 애써 상처를 주워서 내게 꽂을 필요 없다. 지나가는 바람이다. 지나가는 아픔이다. 그렇게 생각하면 된다.

미완성
관계

오래
보고 싶은 사람

살아가면서 오래 보고 싶은 사람의 공통점은 닮고 싶은 부분이
있다는 거였다. 성격이나, 능력적으로 내게 없는 걸 갖추고 있
거나 함께 있거나 바라만 보아도 좋은 영향이 불어오는 것 같
은 사람.

그냥 느낌이 좋아서 한순간에 친해진 관계임에도 오랜 시간 곁
을 지켜주고 있다는 건 서로에게 배울 점이 있다는 뜻이고, 많
은 시간을 함께했어도 배울 점이 없어졌다면 충분히 멀어질 수
있다.

함께한 시간과 쌓인 정이 관계를 더 깊게 만들어 줄 수는 있지
만, 그것이 관계의 만병통치약은 아니다. 누군가에게 오래 보
고 싶은 사람으로 기억되고 싶다면, 시간과 정에 기댈 것이 아
니라 내가 좋은 사람이 되어야 하고 언제나 배울 점이 하나쯤
은 있는 사람이어야 한다.

속마음

창밖에는 봄이 왔는데 나 혼자만 겨울인 것 같을 때.
속으로는 울고 있지만, 겉으로는 내색하지 못할 때.
그럴 때 사람은 자주 무너진다.
내 마음과 정반대의 모습으로 살아가야 하니까.
내 마음에 솔직해지면 많은 게 망가지게 되니까.

언제부턴가 겉모습으로 사람을 판단하지 않는다.
보기에는 마냥 즐겁고 행복해 보이던 사람도
실은 누구보다 우울한 마음을 가졌을지도 모르니까.

누구든 속에서 꺼내지 못한 슬픔이 있다고 생각하는 편이 낫다.
잘 모르는 채로 상처 주지 않으려면.
툭 던진 말로 그 사람이 숨겨뒀던 상처를 건드리지 않으려면.
아무래도 그편이 좋다.

적당한
간격

적당한 거리가 있는 게 좋다.
너무 깊게 들어가면 그만큼 더 빨리 무뎌진다.
관계에서도, 그 어느 것에서도
적당한 간격이 있어야 한다.

밀착되어 있지 않다고 해서,
한 걸음 차이의 간격이 있다고 해서
세상은 무너지지 않는다.

밤하늘에 뜬 노란 그믐달은 멀찍이서 봐도 예쁘고,
멀리서 바라봐야만 한눈에 들어오는 그림이 있는 것처럼.
반드시 가까워야만 행복한 것도, 좋은 것도 아니다.
적당한 간격은 우릴 숨 쉬게 한다.

모든 게
지치는 순간

삶도 관계도 지치는 순간이 와. 누구에게나 그런 순간은 찾아오지. 나이가 하나둘 늘어가면서 느끼게 된 건 쉬는 게 점점 버겁다는 거야. 어떻게 쉬어야 하는지, 어디서 멈춰 서야 하는지 모르겠는 거지. 그래서 이 세상에는 혼란스러운 어른이 참 많아. 자신을 구석으로 계속해서 내모는 사람들. 나도 어느새 그런 사람이 되었고, 어떻게 이겨내야 할지 잘 모르겠지만 조금씩 내려놓으려고 해. 되는 것부터 조금씩. 삶도 관계도 단번에 끊어내는 것이 아니라 내가 괜찮아질 때까지 잠시 거릴 두는 거야.

쉬어간다는 것. 그건 내게 시간을 주는 거야. 텅 비어버린 마음이 채워질 수 있도록, 더 나아갈 힘을 얻을 수 있도록. 절대 잊지 마. 삶이 미치도록 건조한 순간. 사랑도, 우정도 조금씩 흔들리는 순간. 우리가 해야 할 것은 내려놓는 일. 의미 없는 걸음을 멈추고 재충전하는 일. 쉬어가야만 더 멀리 곧게 나아갈 수 있어.

푹신한
관계

우리는 살아가면서 수많은 관계를 마주한다.
그 속에는 좋은 관계도, 나쁜 관계도 모두 있다.
전에는 그 둘이 전부인 줄 알았는데 그게 아니더라.
그 둘 사이에는 편안한 관계가 또 있었다.

쉽게 정의할 수 없을 만큼 소중한 관계.
나를 웃음 짓게 하고 때로는 엄청난 위로를 주는
푹신한 베개 같은 그런 사람들 말이다.

아무리 세상이 힘들고 지친 하루가 반복된다고 해도
가까스로 버티며 이겨낼 수 있는 건 그들 덕분이다.

걱정이 존재하지 않는 관계.
생각 없이도 편하게 마주 볼 수 있는 관계.
그런 관계가 있어서 참 좋다.

확실한
마음

감정을 헷갈리게 하는 사람이 사라졌으면 좋겠다. 애매모호한 감정으로 누군가의 마음을 떠보고, 손해 보기 싫어 떠나버리는 이기적인 사람이 사라졌으면 좋겠다. 예전에는 좋은 말, 좋은 행동으로 나를 대해주는 사람이 좋았지만, 지금은 조금 다르다. 뭐가 됐든 솔직한 사람이 좋다. 좋은 사람으로 보이기 위해 자신을 포장하고 좋은 이미지를 챙겨가는 사람 말고 내 기분을 조금 상하게 하더라도 솔직한 태도를 보여주는 사람이 더 좋다. 마음을 헷갈리게 하는 사람이 반드시 나쁜 사람은 아니겠지만, 그렇다고 좋은 사람이 아닌 것도 확실하니까.

헷갈릴 것 같으면 차라리 다가오지 마라. 아무래도 마음은 뚜렷한 게 좋으니까. 분명한 마음을 보여줄 생각이 없다면 마음이 정해질 때까지 누군가를 혼란스럽게 하지 않으면 된다.

어긋난
마음

관계는 상대를 알면 알수록 피곤해진다. 깊숙이 파고들수록 상처가 생겨난다. 나는 인연이라고 생각했으나 상대방은 그게 아니었을 때 뒤통수를 맞은 듯이 얼얼한 마음이지만, 그 사람에게는 방바닥에 떨어진 휴지를 가져다 버리는 일처럼 별일 아닐 수도 있다.

관계에서 상처받지 않는 방법은 뭘까. 언젠가 버려져도 애써 의연한 태도를 지켜내는 것일까. 오고 가는 인연에 연연하지 않는 것일까. 오늘도 나 혼자만 상처받았다고 생각할까 봐 두렵다. 나 혼자만 소중한 인연이었다. 슬프다.

나를
잡아준 사람

돌아보면 힘든 일이 참 많았다. 삶을 위협할 만큼의 위기도 몇 번 있었다. 그럴 때마다 버텨낼 수 있었던 건 내가 강인해서가 아니었다. 곁에서 힘을 주고 좋은 기운을 건네주는 누군가가 있어서였다. 당장 생각나는 사람이 있을 것이다. 좋지 않은 방향으로 나아갈 때 올바른 방향으로 나아갈 수 있게 잡아준 사람. 티 나지 않게 꾸준히 내 마음을 채워준 사람. 그들에게 고마움을 전하는 사람이 되자. 평생 놓치지 말고 천천히 갚을 줄 아는 사람이 되자. 혼자였다면 절대로 나아갈 수 없었던 길. 내게 좋은 기운을 주는 사람 덕분에 지금 이 길에 서 있는 것임을 잊지 말자.

•

삶이 힘들 때 어김없이 나를 도와주는 사람이 있다.

몇 번이고 미끄러져도 잡아주는 사람이 있다.

마음이 무너지지 않게 다시 일어설 수 있게 좋은 기운을 주는 사람.

그런 사람은 많지 않다. 절대로 놓치지 말자.

미완성
관계

오늘
해야 할 일

1. 내게 맞지 않는 관계를 놓아주기

어딘가에는 내게 맞는 관계가 반드시 있다. 맞지도 않는 관계에 온 정성을 쏟을 필요는 없다. 모든 관계에 아쉬워하지 않아도 된다. 하나하나 깊이 빠져들수록 나만 더 괴로워질 뿐이니까.

2. 나를 웃게 만드는 순간을 찾기

행복해지고 싶다면 나를 행복하게 만드는 순간을 하나둘 모으면 된다. 나를 웃게 만드는 순간을 생각해 보자. 나는 뭘 할 때 웃게 되는지. 그 순간들을 하나둘 모으다 보면 자연스럽게 내 삶도 환하게 웃는 삶이 된다.

3. 오늘 하루만큼은 자기 전에 생각 멈추기

생각은 꼬리의 꼬리를 물고, 자기 전 가장 거대해진다. 매일 밤 잡다한 생각으로 잠을 못 이뤘을 것이다. 하지만 오늘 밤은 침대에 눕기 전에 모든 생각을 끝마친다고 생각하고 아무 생각

없이 잠들기 위해 노력해 보자. 그때 생각을 멈추는 것만으로도 삶의 질은 급격하게 올라간다. 훨씬 더 개운한 아침이 온다.

정리 정돈

방 정리를 하다 문득 쓸모없는 옷을 많이 쌓아둔 채 살아왔다고 느꼈다. 정작 손이 가는 옷은 몇 벌 되지 않는데 서랍 가득 채워놓기만 했다. 생각해 보면 관계도 그런 것 같다. 알고 있는 사람이 많다고 생각했는데 마음 편히 만날 수 있는 사람은 생각만큼 많지 않았고 그중에는 끊어진 인연도 많았다.

언젠가는 정리가 필요한 시간이 온다. 마음속 공간을 비워내고, 잔뜩 쌓아두기만 했던 짐들을 옮기면 내게 필요한 게 무엇인지 알 수 있다. 적당히 비워내며 살자. 내게 맞는 옷, 내게 맞는 관계. 그것만 있어도 충분하다.

●

오랜 시간 입지 않았고 앞으로도 입지 않을 것 같은 옷을
생각보다 많이 쌓아둔 것처럼, 마음의 공간도 어쩌면 정리가 필요하다.
내게 필요하고 내가 좋아하는 관계는 정작 몇 되지 않는다.

책임감

관계 속에서 응당히 지켜야 할 몇 가지 도리가 있다. 나는 그중에서도 책임감을 가장 중요하게 여긴다. 약속을 지키지 않는 사람, 자신이 해야 할 일을 제대로 하지 않고 회피하는 사람, 무책임한 사람들은 생각보다 우리 곁에 많이 있다.

전에는 그들을 감싸기도 했다. 그들의 상황을 이해하려 애쓰고 좋게 생각하려고 해봤지만, 그럴수록 그들은 더욱더 무책임한 사람이 되어갔다. 화가 나지 않아서 화를 내지 않은 것이 아닌데 그들은 아무것도 모르고 있었다.

무책임한 사람이 줄었으면 한다. 한번 내뱉은 말은 되도록 지켰으면. 아니, 지키려는 노력이라도 보여주면 좋겠다. 책임감이 없는 사람과는 오래 알고 지내기 싫다. 책임감은 그 어떤 순간에서도 필요한 것이니까. 사소한 것마저 책임지지 못하는 사람이라면 관계 또한 그냥 내버려 둘 것이 뻔하니까.

안에서부터
고장 나지 않으려면

갈등이 싫어서 참는 것이 습관이 되었더니 겉으로는 멀쩡해 보이지만 속은 썩어 문드러진 사람이 되었다. 마음속에 숨겨둔 감정을 꺼내지 않고 집어넣기만 하면 언젠가 터지게 된다는 것을 알면서도 애써 모른척했다.

속으로 삼킨 감정이 많을수록 작은 일에도 쉽게 흔들리게 되는 것 같다. 괴로운 감정이든, 슬픈 감정이든, 화나는 감정이든 내 마음에서 소화하는 과정을 거쳐야 하는데 꽉 붙잡아 두고 내보내지 않으니, 약간의 흔들림에도 휘청거리는 것이다.

속에서부터 고장 나는 사람이 되지 않기 위해 노력해야만 한다. 나를 괴롭게 하는 감정들, 불편하다 느끼는 생각들을 속에 가만히 숨겨두고 끙끙 앓지만 말고 천천히 내뱉는 연습을 해야 한다. 종이에라도, 메모장에라도 내 마음을 꺼내어 쓰고 정리하고 배설해야 한다.

마음속 아무런 여유 공간이 없을 때 깨닫는 것은 늦다. 이 글을 읽고도 나중으로 미루려는 그 생각을 접어두고, 바로 지금 내가 느끼는 생각과 감정을 쏟아내는 연습을 하자. 표현하지 않으면 망가진다. 내 삶도, 내 마음도 무너지지 않게 내가 지켜야만 한다.

미완성
관계

나의
할아버지

답답하고 습한 여름이었다. 친할아버지가 몸이 좋지 않다는 소식을 전해 들었다. 할아버지는 정정하신 편이었다. 매일 아침 꾹 눌러쓴 모자와 가방 하나를 메고 어딘가로 나서곤 하셨다. 집 안에 가만히 있어도 할 일이 생기고, 아무리 쉬어도 쉬는 것 같지 않은 나에게 할아버지는 참 신기한 존재였다.

어렸을 때 잠시 할아버지 집에서 살았던 적이 있었다. 할아버지는 여름이 되면 수박 화채를 만들어 주셨고, 참외는 반을 갈라 수저로 퍼먹는 법을 알려주셨다. 토마토를 잘게 잘라 설탕을 뿌린, 지금 생각해 보면 별거 아닌 간식이지만 그땐 참 맛있었다.

나는 할아버지가 좋아하는 음식을 포장해서 집에 들렀다. 성인이 되어 따로 살기 시작한 뒤부터는 자주 찾아뵙지 못해서, 문을 열고 들어가면 왔느냐고 매번 반겨주셨는데 이번에는 방에

누워 겨우 말을 건네셨다.

오랜만에 찾아뵈면 하는 말씀이라고는 어렸을 때 내가 태권도 했던 얘기, 내가 아팠던 얘기 등 전부 나에 관한 이야기다. 나조차도 잊어버린 나에 대한 기억이 할아버지에게는 생생히 기억되고 있었다.

연로하셨음에도 풍부했던 머리숱도 이제는 꽤 사라지셨고, 꾸준히 하던 새치 염색도 그만두셨는지 머리카락이 희끗희끗했다. 할아버지가 정말 건강이 안 좋아지셨구나, 속이 벌렁벌렁했다. 울컥한 마음을 겨우 삼키고 손을 잡아 드리고, 밥 잘 챙겨 드시라고, 저는 잘 지낸다고. 고작 그런 말밖에 할 수가 없었다.

할아버지랑 사는 게 좋았던 순진무구했던 시기. 할아버지도 건강했던 시기. 할아버지의 배를 만지면서, '할아버지 배는 왜 이렇게 동그란 거예요?' 하며 깔깔 웃던 그때로 돌아가고 싶다. 한 번 더 껴안아 드리고, 한 번 더 웃어드리고 싶다.

시간은 야속하게도 너무 빠르게 흘러간다. 익숙해질 때쯤이면 이별하고, 사랑하는 사람들은 빨리 늙어버리고. 한날한시에 모두가 이 세상 소풍을 끝낼 수 있다면 얼마나 좋을까.

떠나보낼 각오를 해야 한다는 게, 그 마음을 먹고 싶지 않아도 자연스레 먹어진다는 게 슬프다. 사랑한다는 말로도 그 마음이 선명히 전해지지 않는 날. 울고 싶지 않아도 마음이 먼저 내려앉아 버리는 그런 날.

사랑하는 사람들은 내 곁을 너무 빨리 떠난다.

한마디

지금까지 내 삶을 지킬 수 있었던 건 곁에 있던 사람들 덕분이다. 혼자라면 절대로 발 디딜 수 없었을 곳에 서 있는 것도, 이겨낼 수 없다고 생각했던 시련을 극복해 낸 것도 내게 손을 건네주고 기댈 수 있게 옆에 있어 준 누군가가 있어서였다.

한 사람이 없어 무너지는 사람들이 참 많은 세상. 누군가에게 그런 한 사람이 되어주고 싶다. 기댈 곳 없고 터놓을 곳 없는 쓸쓸한 그들에게 내미는 손이 되고 싶다. 궁지에 몰린 사람에게 많은 것이 필요하지 않다는 걸 안다. 따뜻한 시선과 다정한 말 한마디. 사람을 웃게 만들고 행복하게 하는 건 생각보다 별거 없다. 그럼에도 그 하나를 느끼지 못해 평생 그늘 속에 살아가는 사람들이 있다는 건 슬픈 일이지 않은가. 그들에게 보여주자. 그리고 말해주자. 그늘에서 나와도 괜찮다고. 함께 걸어주겠다고. 따뜻한 세상이 여기에 있다고.

사람은 언제든 툭 하고 무너질 수 있다. 안 그럴 것 같던 사람도, 행복할 것만 같던 사람도 예외는 없다. 누군가에게 건네는 '한 마디'. 그 한마디로 세상은 변한다.

미완성
관계

내게 필요한
딱 그 정도의 사람

신호 없는 횡단보도에서 언제 건널까 고민만 하는 사람처럼, 관계 앞에서 머뭇거리는 시간이 많아졌다. 세상은 넓고 마음 맞는 사람은 생각보다 없는 이 현실이 가끔은 거대한 외로움을 몰고 온다. 지친 밤, 믿고 기댈 수 있는 사람. 전화 한 번에 가볍게 만날 수 있는 사람.

내가 바라는 건 그뿐이다. 나 혼자만 이 길에 서 있는 게 아니라는 안도감. 한 번쯤 내가 넘어지면 일으켜 세워줄 사람이 한 명이라도 있다는 건 넉넉한 위로를 넘어 내일을 살아가게 하는 힘이 된다. 그런 사람이 있었으면 좋겠다. 더 많은 건 필요 없으니 딱 그 정도만 서로에게 힘이 되어주는 사이. 고민 없이 만날 수 있는 마음 편한 사이. 안 그래도 복잡한 세상, 그 속에서 복잡한 관계에 또 치이기는 싫다.

내게 필요한 건 그런 사람이다. 망설이던 내게 초록 불을 켜주는 사람. 내 마음을 전부 맡겨도 아무런 사고가 일어나지 않는 사람. 안심할 수 있게 만들어주는 사람.

감정의
착각

전에는 이해되지 않았던 사람도 시간이 지나 이해되는 순간이
오고, 그토록 미웠던 사람도 무덤덤한 마음으로 대하게 된다.
어쩌면 영원한 감정은 없을지도 모른다. 그러나 기억해야 한
다. 이 세상에는 되돌릴 수 없는 것들이 많다는 것. 순간의 감정
에 취해 관계를 끊어 내거나, 주워 담지 못할 말을 내뱉는다면
불어오는 바람을 감당하는 건 오로지 나의 몫이라는 것을.

만남은
거대한 일

어렸을 때는 한 사람이 오고 한 사람이 떠나가는 과정을 별거 아닌 일이라 여겼는데 이제는 그 과정이 너무나 거대한 일이었음을 깨닫게 됐다. 나의 세계에 누군가가 들어오는 것도 밀물처럼 빠져나가는 것도 웬만한 노력이 아니면 이루어질 수 없는 일이었다. 그러다 보니 자연스레 관계에 신중해졌다. 한번 미끄러지면 감당해야 할 상처가 가득해서, 누군가가 있다가 사라지면 남겨진 마음은 오로지 나 혼자 감당해야 해서. 조금 돌아가는 일이 있더라도 확실한 길을 걷는 사람이 되었다.

미완성
관계

청첩장

언젠가 청첩장을 받았었다. 어떤 연이 있는 사람이냐면 작가의 꿈을 함께 꾸던 사이라고 할 수 있겠다. 한 번도 가보지 않은 길을 함께 걸어주었고 힘이 되어주었다.

그런데 결혼한다니, 괜히 마음 한편이 뭉클해졌다. 인생에서 가장 축하받아야 할 날에 진심으로 축하해 줄 수 있는 사람이 되었다는 사실이 기뻤다. 참 다행이었다.

문득 이런 인연이 많았으면 좋겠다고 생각했다. 스쳐 가는 인연 말고 인생의 굵직한 행사 때마다 서로를 초대하고 초대받을 수 있는 인연. 기쁘고, 우울하고, 벅찬 날에 서로에게 힘이 되어 줄 수 있는 인연.

살아가면서 점점 더 좁아지는 듯한 인간관계 안에 굳건히 있어 주는 사람에게 고맙다. 그리고 나 또한 그들의 울타리 안에서 흔들리지 않는 마음으로 서 있어야겠다고 다짐한다. 끝까지 서로의 삶을 응원하며 살아가는 사이가 되기를. 언제든 서로에게 든든한 아군이 되어주기를 바라면서.

미완성
관계

관계의
울타리

유년기, 청소년기를 지나고 성인이 되면 관계의 울타리가 급격히 좁아진다. 직장이 생겨서, 시간이 부족해서 등의 여러 가지 이유로 울타리 안에는 매일 보는 사람, 자주 보는 사람, 가끔 만나는 소중한 사람들만 남는다. 분명 마음으로는 친밀한 사람들인데, 그중에서는 대화를 나눈 게 언제였는지 기억조차 나지 않는 사람들도 있다.

전에는 대화가 없는 관계는 죽어버린 관계라고 생각했다. 내게 무슨 일이 있었는지, 당신에게 무슨 일이 생겼는지 그때그때 알지 못하면 친밀한 관계가 아닌 거라고. 그래서 소식을 듣지 못하거나, 전하지 못했을 때 실망하고, 실망을 주는 일들이 심심찮게 있었다.

하지만 이제는 안다. 모두와 가깝게 지내는 건 불가능하다는 것을. 일에 치이고, 삶에 치이고 신경 쓸 게 한두 가지가 아닌

이 세상에서 어쩔 수 없이 소홀히 대하게 되는 관계가 있다는 것을.

이제는 친밀함을 다르게 정의하려고 한다. 매 순간 가깝게 지내며 모든 것을 알고 있는 관계만이 친밀한 관계가 아니고, 서로에게 좋은 기억이 있어서 언제라도 웃으며 인사할 수 있다면 친밀한 관계라는 것. 가끔씩 오래 보는 관계도 충분히 소중한 관계일 수 있다.

이유 없이 멀어지는
관계는 없다

관계가 멀어지는 데는 확실한 이유가 있다. 시간과 함께 흐릿해진다는 건 다 핑계일 뿐이다. 사소하게 약속했던 일들이 지켜지지 않는다면, 시간을 내서 만나자는 연락을 하지 않는다면, 아무리 파도를 만들어 그 사람에게로 보낸다고 해도 마음에 닿기도 전에 부서지고 흩어지고야 마는 것이다. 제때 마음을 건넸더라면, 생각날 때 말을 걸고 다가갔더라면, 어쩌면 관계는 이곳이 아닌 다른 곳으로 흘러갔을지도 모르는 일.

어쩔 수 없는 관계는 없다. 모든 관계에는 그렇게 될 수밖에 없는 이유가 있으니까. 관계의 공백을 알고도 모른척한 마음, 딱 그만큼의 마음이었기에 관계는 끊어진 것이다.

예민한
사람

예민한 감각을 가진 사람은
사소한 불편도 쉽게 느끼는 편이라
오히려 타인을 지나치게 배려한다고 한다.
자신이 느꼈던 불편함, 기분 나빴던 이유를 기억하고
타인이 느끼지 못하게 애쓰는 거다.

이런 사람의 특징은 관계 속에서는
배려심 좋고 선 넘지 않는 사람으로 기억되지만
정작 자신의 마음은 잘 돌보지 못한다.

사람들이 싫어하는 행동, 하지 말아야 할 언행,
관계에서 지켜야 하는 도리.
그 모든 걸 너무 잘 아는데
누군가가 상처를 주면 떨쳐내는 방법을 모른다.
오늘 비가 내린다는 걸 알면서

우산 없이 흠뻑 젖어버리고야 만다.

이럴 때는 관계 속에서 생각을 조금 내려놓으면 좋다.
나의 말과 행동이 타인에게 어떤 영향을 줄지
생각하는 마음과 불안한 마음을 내려놓고
남들이 듣고 싶어 하는 말만을 내뱉는 사람이 아니라
내가 옳다고 느끼고, 생각하는 일이라면
당당히 표현할 수 있는 사람이 되는 것.

매 순간 타인을 배려하며 산다고 해도
이 세상에는 어떻게든 나를 미워하는 사람이 있고
살아가면서 그들을 마주하게 되는 건
예고 없이 내린 비바람 같은 것이다.

그러니 타인에게 좋은 마음을 보여주려고 하기 전에

나 자신부터 배려하고 잘해주는 습관을 들이자.

내가 먼저 튼튼한 사람이 되어야만

관계도 튼튼하게 지을 수 있고

내 마음이 먼저 존중받아야만

다른 누군가도 존중할 수 있다.

미완성
관계

마음으로
응원을 보낸다

종종 가까운 사이인 사람이 잘못된 길을 걷고 있거나, 아무런 의지 없이 삶이 무너지는 것을 바라보고만 있는 것 같을 때, 잘 되었으면 좋겠다는 마음에 몇 마디를 보태고 싶지만 대부분 말을 아끼는 편이다. 아무리 좋은 마음으로 말했대도 당사자에게는 부담일 수 있고 듣기 싫은 소리일 수 있기에 정말 최악의 경우가 아니라면 조용히 바라보며 응원하는 게 좋지 않을까 하고.

결

....

나와 맞지도 않는 사람을 굳이 끌어안으려 애썼던 지난날들. 미운 정도 정인 거라고, 이 관계가 맞나 싶을 때도 즐거웠던 순간을 생각하며 한 번 더 참고 관계를 지켜냈었지. 행복을 주는 사람, 유익한 관계를 겪고 나니 모든 사람을 잃지 않으려 애쓸 필요는 없다는 걸 비로소 깨달았어. 내게 맞는 사람만 지키며 살아도 충분하다는걸.

결이 맞는 사람만 지키며 살아도 충분해. 모든 사람을 아등바등 지키지 않아도 어차피 오래 보게 될 사람은 결이 맞고 마음이 통하고 함께일 때 편한 사람이야. 내게 확실한 행복을 주는 사람을 놓치지 말자.

미완성
관계

귀갓길

살면서 정말 부러운 사람은 시답잖은 이야기로도 밤새 떠들 수 있는 사람이 있는 사람. 서로의 얼굴을 보며 웃고 놀리면서도 한 사람이 깊은 우울함에 빠질 때면 그 누구보다도 슬픈 표정을 지어주는 사람이 있는 사람. 가끔은 함께 시간 낭비할 사람이 있는 사람.

학교 귀갓길 함께 웃고 떠들며 집에 가던 행복했던 시간처럼, 이 삶의 귀갓길에 함께 돌아갈 사람이 있는 사람.

불편한
사람

잘못한 사람은 따로 있는데 괜한 사람들만 상황을 개선하려 애쓸 때. 몇 번이고 관계를 위태롭게 만든 당사자는 시간이 흘러도 꾸준히 변하지 않을 때 사람에 대한 회의감이 찾아온다. 배려해 주면 자신에게 문제가 없다고 생각하고, 문제점을 건드리면 관계가 흔들릴 뿐 개선되지는 않으니, 관계를 끊어내는 것만이 답이라고 생각할 수밖에 없다. 바뀌지도 않는 사람을 곁에 두는 일, 불편한 상황을 모른 척 넘어가는 일. 그 모든 게 굉장한 스트레스가 되기 때문에.

이상적인
삶

사는 게 뭐 있나 싶어. 보잘것없는 하루를 특별하게 바라봐 주는 사람이 있다면, 별거 없는 인생이라도 행복하게 해주고 싶은 사람이 있다면, 그걸 연료 삼아 오늘을 버텨내고 내일을 살아가는 거지. 그냥 좋은 사람들과 적당한 간격으로 오래오래 이 시간을 보냈으면 하는 마음이야. 오늘 나의 우울은 당신이 덜어주고, 내일 당신의 하루엔 내가 행복을 얹어주면서. 그게 내가 바라는 좋은 삶이야.

비슷한
사람

언젠가 지인과 함께 있던 자리에서 한 사람을 알게 된 적이 있다. 나도, 지인도 처음 보는 사람이었는데 알고 지낼수록 부담스러운 부탁과 무례한 행동으로 나를 힘들게 했고 자연스레 멀리하게 됐다. 시간이 흐르고 오랜만에 지인을 만나 얘기를 하다가 그때 그 사람과는 어떻게 지내냐고, 혹시 연락은 하느냐고 물었더니 나와 같았다. 똑같이 무례하게 느꼈고 부담스러웠고 이건 아닌 것 같아 관계를 접었다고 했다.

생각해 보면 내가 좋아하는 사람은 다 비슷비슷했다. 어딘가 다정한 구석이 있고 만났을 때 편안한 사람들. 개개인의 성격은 다 다르지만 내가 좋아할 수밖에 없는 결을 가진 사람들. 그래서일까 내가 별로인 사람은 그들에게도 별로였던 때가 많았다. 그들과 나의 결은 비슷하기 때문이다. 이제는 맞지 않는 관계가 나타나도, 내 삶에 악당이 나타나도 그러려니 한다.

결이 맞지 않는 사람과는 오래갈 수 없다는 걸 아니까. 나랑 비슷한 결을 가진 사람이 내 삶을 지켜줄 것을 아니까. 구태여 아닌 인연에 매달리지 않게 된 것이다.

같은 곳을
바라보는

아무리 인간관계가 넓어도 결국 내 곁에 남게 되는 사람은 가치관이 비슷한 사람이었다. 삶의 방향이 비슷한 사람과 마음을 나눌 만큼 가까운 사이가 된다는 건, 단순히 잘 맞는 사람이 생긴 것만이 아니라 무려 삶을 나아감에 있어서 함께 노를 저어주는 사람이 생긴 셈이다. 기쁜 일이 있을 때는 행복을 더해주고 좋지 않은 일이 있을 때는 슬픔을 덜어주는, 존재만으로 충분해지는 관계. 그러니 곁에 그런 사람이 있다면 꼭 오래오래 지켜내라고 말해주고 싶다. 그런 사람은 인생에 몇 번이고 찾아오지 않으니까. 소홀하게 대해 후회할 일을 만들지 않기를.

소원

전에는 별똥별을 보거나 생일 케이크 앞에서도 무슨 소원을 빌어야 할지 몰라 넘겼던 순간이 많았다. '건강하게 해주세요. 부자 되게 해주세요' 같은 뻔한 소원들. 그렇게 평생을 살아왔는데 얼마 전부터는 간절히 빌고 싶은 소원이 생겼다. 내가 좋아하는 사람들과 걱정 없이 사는 것. 그들이 조금 더 오래 내 곁에 머물 수 있기를 바라는 것. 더 나아가 나와 아끼는 모든 사람이 별다른 일 없이, 크게 아픈 곳 없이 이 세상을 행복하게 마쳤으면 하는 마음.

소원의 초점이 다른 사람에게 맞춰져 있는 건 그들이 내 삶에 나타난 이후로 내가 많이 변했기 때문이 아닐까, 한다. 뭐가 중요한지도 모른 채 살아온 내게 함께하는 것이 소중하다는 걸 일깨워 줬기에. 나를 행복하게 해주는 사람이 있다는 게 얼마나 가치 있는 일인지 알게 해주었기에. 나의 소원은 그들과 행복하게 사는 것, 그뿐일지도 모르겠다.

동행

누군가가 나를 위해 자신의 시간을 써가면서 가보지 않은 길에 동행해 주거나, 잘 모르는 걸 천천히 가르쳐주거나, 삶에 관한 넋두리를 가만히 들어준다면 그 사람은 정말로 놓쳐서는 안 되는 사람이다. 바쁘게 돌아가는 세상 속에서 나를 위해 잠시 멈춰 선다는 건 그만큼 나를 아껴주고 소중히 생각한다는 뜻이니까.

성공의
의미

행복한 상상을 했다.
내가 좋아하는 사람들에게 웃음을 주고
좋은 것을 선물하고 근사한 시간을 보내는 것.
내 사람이 힘들 때 힘이 되어줄 수 있는
능력과 여유를 부족함 없이 갖는 것.

내게 성공은 그런 의미다.
나만 행복하고 나만 웃으며 사는 삶이 아닌
나를 아껴주고 내가 아끼는 사람들과
오래오래 웃으며 지낼 수 있는 것.
그거면 성공한 삶이라 부를 수 있을 것 같다.

미완성
관계

나아갈 길에 있는
사람

심각한 번아웃이 찾아왔던 적이 있었다. 어떤 의욕도 희망도 없었다. 그저 죽지 않아 사는 마음이었다. 망가진 모습을 스스로 알고 있었지만 모른척했고 덮어두었다. 마주할 용기가 없어서였을까, 바뀌어야 할 이유를 찾지 못해서였을까. 몇 번이고 의미 없이 달력을 넘기고 나서야 문제를 바로잡아야겠다고 생각했다.

살아야 할 이유를 찾는 것이 가장 처음 할 일이었다. 아무런 일 없이 하루를 보내는 건 사는 거라고 말할 수 없었다. 장기적인 목표? 내가 가지고 싶은 것? 이루고 싶은 것? 그것도 좋지만 나는 우선 '사람'을 생각했다.

지금 내가 이 자리에 설 수 있게 해준 사람들. 내 삶을 지탱해 주고 안내해 주고 끌어당겨 준 사람들. 사람은 절대로 혼자서 살아갈 수 없다. 누군가에게 도움을 받고 나 또한 누군가에게

도움을 주며 이곳까지 걸어온 것이다.

앞으로 나아갈 길에 누가 있는지 생각해 보자. 열심히 살아야 할 이유가 적어도 한 가지 늘었다. 내가 더 대단한 사람이 되기 위해 사는 것보다 고마운 사람에게 갚아가며 사는 삶을 택하고 싶다. 그건 분명 벅찬 일일 테니까. 혼자서 행복한 일보다 함께 행복한 편이 훨씬 가치 있을 테니까.

미완성
관계

그러려니
· · · · · · · · · · · ·

사람마다 성향은 다 다르고 그걸 이해하는 방법은 그냥 '그렇구나!' 하고 마는 것이다. 깊이 생각해 봤자 그 사람을 완전히 이해할 수 있다거나 그럴 순 없다. 내 기준에서 이해되지 않는 건 억겁의 시간이 흘러도 똑같이 이해되지 않는 것으로 남는다. 그럴 때는 그냥 그 사람은 그런 사람이구나 생각하는 게 마음 편하다. 이해할 필요도, 이해하지 않아도 된다. 그 사람은 그런 사람, 나는 이런 사람. 그게 다인 것.

나 또한 누군가에게 이해되지 않는 사람일 수도 있고, 동시에 모든 게 공감되는 한 사람일 수도 있다. 사람과 사람은 이처럼 복잡한 것. 사람마다 가지고 있는 고유한 성질을 깊이 알려고 하지 말자. 그건 안타깝게도 절대 변하지 않는 것이니까. 너는 너 나는 나. 잘 맞는 부분이 있으니까 안 맞는 부분은 그러려니 넘기고 잘 지내면 그만이다.

소외감
· · · · · · · · · ·

가끔 그 어느 곳에도 소속되지 않은 듯한 느낌을 받을 때가 있지. 그건 곧 외로움이 되고, 쓸쓸함이 돼. 너도 그런 적 있니. 혼자만 동떨어진 느낌. 나만 정체된 것 같은 기분. 나도 한때는 그 순간이 죽도록 싫었는데, 요즘은 필요한 것 같기도 해. 그 어느 곳에도 소속되지 않은 채 혼자인 시간. 나를 알아볼 수 있는 시간. 하지만 쉽지 않은 일인 건 여전하지. 그러니 그거 하나만 알아주라. 언제든 마음이 못 버티겠을 땐 걱정하지 말고 기대도 된다는 거. 함부로 다가서지 않고, 멀어지지 않고 그 자리에서 기다릴 테니까. 힘이 되어줄게.

익숙함이 주는
위로

생각해 보니 언젠가부터 나를 풀어냈던 적이 없는 것 같다. 내가 어떤 사람인지 설명하거나, 무얼 좋아하는지 늘어놓는 일이 현저히 줄어들었다. 예전에는 새로운 만남에 참 열정적이었는데 이제는 익숙한 만남이 더 좋다. 삶과 관계에 지쳐 우울할 때는 동네 친구를 만나 위로받고, 무언가 하고 싶은 게 생기면 나랑 결이 비슷한 친구와 함께 즐기는 것. 그러면 충분히 행복해지기 때문이다.

새로운 만남이 싫은 건 아니다. 몰랐던 사람을 알아가는 것과 취향이 같은 새로운 사람과 친해지는 것. 그것도 물론 좋지만, 요즘은 나를 편안하게 만들어 주는 관계에 조금 더 마음이 간다. 아무런 조건도, 이유도 없이 만나면 행복해지는 관계. 그런 관계가 있어서 오늘처럼 힘든 하루도 이겨낼 수 있다.

시간이 지날수록 더욱 진해지는 관계, 익숙한 사람들, 그 익숙

함이 주는 위로가 얼마나 큰지 깨달아야 한다. 가까이 있음에
도 소중함을 잊어버리는 불상사가 일어나지 않게. 곁에 있는
그들에게 말하자. 고맙다고, 오래 보자고.

미완성
관계 /

나를 챙겨주는
사람들

예전과 달리 몸도 마음도 한층 성장했고, 세상을 살아가는 방법도 깨쳤는데 그럼에도 나는 여전히 부족하고 어딘가 서툴다. 어쩔 수 없다. 사람이라는 게, 삶에 통달할 수는 없는 거니까. 앞으로도 늘 불완전할 테고, 종종 휘청이겠지.

그래서일까, 세상 어딘가에서 나를 적당히 챙겨주는 누군가가 있다는 사실이 참 든든하다. 힘든 일이 생기면 자기 일인 것처럼 나서서 힘써주는 사람들. 좋은 일이 생기면 나보다 더 축하해 주는 사람들.

마음이 통하는 사람들. 그들이 있기에 나는 오늘도 덜 외롭게 살아갈 수 있고, 마음 한편에 따뜻함을 품은 채 나아갈 수 있다.

우리는 혼자 살아가는 존재가 아니다. 우리 주변에는 항상 우리를 지지하고 도와주는 사람들이 있다. 이들에게 감사의 마음을 표현할 줄 안다면 그들과 더 오랜 시간 잘 지낼 수 있지 않을까. 나 또한 따뜻함을 전할 수 있는 사람이 되도록 애써야겠다. 비록 물감 한 방울 정도의 따뜻함일지라도, 누군가의 마음에선 무한히 퍼져나갈지도 모르니까.

•

나는 여전히 부족하고 이것저것 서툰 사람이지만

세상 어딘가에서 적당히 나를 챙겨주는 누군가가 있다는 게

오늘의 나를 살아가게 만든다. 고마운 사람들을 잊지 말자.

미완성
관계

인연은
세상의 확장

인연이 많아질수록 내 세상은 넓어진다. 어렸을 때 집 근처 동네를 좋아했던 이유는 그 골목에 함께 뛰놀던 친구가 있어서였고, 낯선 동네로 이사 갔을 때 한동안 우울한 감정이 들었던 것은 그곳에 아는 사람이 한 명도 없어서였을 것이다. 하지만 세상은 우리를 그렇게 가만 놔두지 않는다. 삭막하고 두려운 곳에서도 어떻게든 인연은 생겨난다. 나를 바라봐 주는 사람이 생기고, 아는 척하는 사람이 생기고, 인사를 주고받는 사람이 생기면 우리에게는 또 하나의 장소가 생긴 것이 된다. 마음을 놓을 수 있는 곳. 언제든 갈 수 있는 곳. 그리워할 수 있는 곳.

인연은 그런 것이다. 사람과 사람이 이어지는 것 그 이상의 무언가가 생기는 일. 삶을 살아가게 하고 길을 잃지 않게 해주며 언제든 다시 찾아갈 수 있는 세상이 생기는 것. 내가 갈 수 있는 새로운 길이 생기는 것.

나의 인연이 세상 곳곳에서 잘 살아갔으면 한다. 내가 지쳐 어디론가 떠나고 싶을 때 지도를 펼쳐보면 그들이 어서 오라고 손짓해 주었으면 좋겠다. 내 세상은 충분히 넓어졌으니, 이제는 그대로 영원할 수 있기를 꿈꿔야겠다. 내가 갈 수 있는 곳, 갈 수 있는 길이 사라지고 끊기는 일 없게 잊지 않고 잘 돌봐야겠다. 나도, 그들도 각자의 자리에서 행복하게 지냈으면 하니까.

미완성
관계

가치 있는 삶

세상을 둘러보면 관계 속에서 조금의 손해도 견디지 못하는 사람이 있고, 자신이 가진 것을 덜어서라도 타인에게 행복을 주는 사람이 있다. 굳이 따지자면 나는 후자에 가까운데 내 모든 걸 건네줄 정도는 아니지만, 가끔 시간과 마음을 써가면서까지 누군가를 도와줄 때가 있다.

예를 들자면 누군가 길을 물어왔을 때 그곳이 어딘지 모르는 경우 딱히 급한 일이 없거나, 시간이 있다면 지도 앱을 켜서 어떻게 가는지 알려주는 편이다. 하지만 길을 알려주기가 애매한 경우나, 그럼에도 여전히 모를 때에는 함께 그곳까지 동행해준다. 누군가는 그렇게까지 하는 이유가 뭐냐고 의아해할 수도 있겠지만, 나는 내 시간을 써야 할지라도 길을 물어온 사람이 헛걸음하지 않는 것이 더 큰 행복으로 되돌아오기 때문이다.

나는 믿는다. 모든 것을 잃지 않으려 애쓰는 사람보다 약간의 손해를 감수하면서까지 누군가를 대하는 사람이 더 행복하고, 어쩌면 그 손해는 사실 손해가 아니라 우리의 삶에 더 큰 가치를 불어넣는 행위일지도 모른다고.

누군가를 도와주는 것이 언제나 간단한 일은 아니지만, 그 작은 행동 하나가 상대방에게 큰 의미가 될 수 있는 것처럼 나는 앞으로도 손해를 감수하면서 살고 싶다. 내 삶이 더욱 풍요로워질 수 있도록.

미완성
관계

단단한
마음

나는 쉽게 물든다. 쉽게 정이 든다. 단단한 마음으로 맞서도 늘 물렁물렁한 마음으로 돌아선다. 정 덕분에 사람과 깊은 사이가 되기도 했지만, 정 때문에 잘못된 관계를 놓지 못한 적도 있었다. 끊어야 한다는 것을 알면서도 함께 지나쳐 온 시간을 떠올리면서, 웃고 울었던 순간을 되돌아보면서 애써 모른척했다.

쌓였던 정이 모두 사라지기 전까지는 관계는 쉽게 끊어지지 않는다. 정은 관계 속에서 접착제와 같아서 둘을 끈끈하게 만들어 주지만 언젠가는 접착력이 다해 떨어지게 된다. 정은 고장난 관계를 고칠 수 없다. 문제를 해결해 주지도 않는다. 그래도 정든 사람이니까 한 번 더 지켜보게 하고, 한 번 더 기회를 주게 할 뿐. 근본적으로는 관계 속에서 생긴 문제와 갈등에 직접 맞서서 해결해야 한다.

그러지 않으면 있던 정마저 사라지고 함께한 추억도 부정하게 되니까. 한때 그 누구보다 가까운 사이였어도 그만큼 더 아득한 사이가 되어버리기도 하니까. 관계를 정에 의존해서는 안 된다. 더 오래 알고 지내고 싶다면, 아닌 건 아니라고 말하고 잘못된 흐름에 맞설 수 있어야 한다.

비록 옆 사람에게 한순간 차가운 사람이 되어야 할 수도 있으나, 실은 그것이 따뜻한 관계로 나아가기 위한 길일 수도 있으니까.

좋은
느낌

좋은 관계를 이어가기 위해서 그 사람의 모든 것을 자세히 알아야 할 필요는 없다. 지금까지 알고 지내 온 인연을 생각해 보면 그 사람에 관해서 드문드문 아는 경우가 더 많았다. 사람과 사람 사이에서는 설명할 수 없는 느낌이 있다. 왠지 좋은 사람인 느낌, 함께 있으면 한 번이라도 더 웃게 되는 것 같은 느낌. 그 느낌으로 내일 또 만나고 몇십 년을 알고 지내기도 한다. 모든 것을 알아야만 돈독한 관계가 되는 것은 아니다. 관계의 깊이는 그 사람을 얼마나 자세히 아는지가 아니라 오랜 시간 끊기지 않는 마음으로 곁에 있어 주는 꾸준함이 만들어 내는 것이니까.

분담

오랜 시간 관계를 지켜내기 위해서는 우정이나, 사랑이 아닌 다른 부분에서도 노력할 줄 알아야 한다. 사랑은 사랑으로만 유지할 수 없고, 우정도 우정으로만 이어갈 수 없다. 중요한 건 적당히 삶의 무게를 분담하는 것. 평온해 보이는 관계도 자세히 들여다보면 무척이나 분주하다. 좋은 관계의 뒤편에는 보이지 않는 노력이 계속되고 있기 때문이다.

거대한 강물도 두 갈래로 나뉘면 하천이 되듯, 함께 있을 때 찾아오는 삶의 무게를 조금씩 나누어 맞아내다 보면 어떤 어려움이 찾아와도 이겨낼 수 있겠다는 생각이 든다.

관계는 그렇게 돈독해지고 단단해진다. 세차게 불어오는 바람을 손잡고 함께 이겨낼 때, 한 사람에게 찾아온 시련을 둘이 머리를 맞대고 해결하려 애쓸 때. 그 관계는 깊어질 것이고 오래오래 흐를 수 있게 된다.

미완성
관계

알 수 없는
인연

사람은 자꾸 부딪히고 흔들리면서 겪어봐야만 인연이 되는 것 같다. 처음부터 그냥 만들어진 인연은 없다. 말 한마디 나눴을 뿐인데 이 사람이다 싶은 느낌이 들어서 서로 깊은 사이가 되는 일도 있지만 그렇게 뜨거운 인연도 하찮은 이유 하나로 아득히 멀어지기도 하고, 최악의 첫 만남을 겪었는데도 그 누구보다 아끼고 사랑하는 관계로 발전할 수도 있다. 어디로든 갈 수 있고 언제든 시작될 수 있는 것이 관계라는 사실이 신기하기도 조금은 쓸쓸하기도 하다. 나에게도 누군가 수없이 스쳐 갔었는데 내가 모르고 있던 것은 아닌가 하는 생각 때문에. 사실 인연은 무수하지만 내가 알아차리지 못해서 사라지는 것이 더 많은 것 같다.

밝기
·······

사람을 밝기로 나타낸다면 아침에 나는 50 정도의 사람이었다가 하루를 끝마칠 때는 10 정도의 사람이 된다. 마음속으로는 언제나 100 정도의 밝은 사람이 되고 싶지만, 일과 사람에 치이다 보면 보통의 밝기로 하루를 끝마치는 일도 쉽지 않다.

그렇게 그늘진 하루를 살아가면서 내 삶도 이대로 어둡게 저물어 가는 건 아닌가 싶을 때 신기하게도 한순간에 나의 밝기를 올려주는 사람들을 만나게 됐다. 존재만으로 주변을 환하게 만드는 밝은 기운을 가진 사람들. 그들은 지쳤던 나에게 웃음을 되찾아 주고, 축 처진 내게 힘을 주면서 나의 어두운 부분을 채워줬다.

그들 덕분에 나는 더 환한 사람이 될 수 있었고 다른 누군가에게 밝음을 선물하는 사람이 될 수 있었다. 보통의 밝기로 하루를 시작하고 끝마칠 수 있다는 게 얼마나 어렵고 행복한 일인

미완성
관계

지 알기에 간혹 100의 밝기로 하루를 끝마칠 수 있는 날에도 절반의 밝음을 나눠주고 하루를 마감하는 사람이 됐다.

내가 지치고 힘든 날에 다른 누군가에게서 힘을 얻고 버텨낸 것처럼, 나보다 덜 행복한 사람에게 내가 가진 밝음을 나눠주는 일이 얼마나 가치 있는 일인지 깨닫게 된 거다. 내가 나눠준 밝음은 누군가에게 옮겨가고 또 퍼져갈 테니. 내 주변도, 이 세상도 조금 더 환해지지 않을까. 앞으로도 꾸준히 행복을 나누고, 밝은 기운을 전해야겠다고 생각한다. 내가 힘든 시기를 지나올 수 있었던 건 나를 챙겨주는 사람이 있어서였던 것처럼, 앞으로도 어두운 하루를 보내고 있는 누군가를 챙길 줄 아는 사람이 되고 싶다.

고비

· · · · · ·

인생에서 한고비를 넘길 때마다 그 순간을 축하해 주고 또다시
나아갈 수 있게 힘이 되어주는 존재가 있다는 것. 지난날들이
길고 힘들었대도 고생했다는 말 하나로 금세 잊히곤 하는 것.
삶의 굴곡에서 따뜻한 곁이 되어주는 이들이 있다는 건 어떤
것보다 값진 선물이 된다. 계속 살아가게 하는 작은 이유가 된
다. 그건 참 행복한 일이다.

함께 있을 때
편한 사람

사람은 살아가면서 수많은 관계를 경험하고 그중에서 내게 맞는 관계만 남기고 대부분 흘려보낸다. 의도하지 않아도 자연스럽게 그렇게 된다. 처음엔 나의 생활 반경 가까이에 있는 사람을 만나고, 그중에서 좋은 기운을 주는 사람과 조금 더 만나고, 나중에는 언제 만나도 부담스럽지 않은 사람을 만나게 된다.

큰 변화 없이, 변수 없이 안정감을 느낄 수 있는 사이. 인생의 종착점까지 함께하고 싶은 사람은 결국 편한 사람이다. 이것저것 신경 쓰지 않아도 괜찮고, 모든 걸 내려놔도 이상하게 바라보지 않는 사람.

살아갈수록 관계에서 바라는 게 적어지는 것을 느낀다. 더도 말고 덜도 말고 함께 있을 때 숨이 쉬어지는 관계. 그거면 될 것 같다.

우리가
행복한 삶

언제부터인가, 나는 나만의 행복을 찾아 헤매기보다는 주변 사람들의 마음을 신경 쓰는 일에 집중하게 됐다. 힘들고 어려운 시간을 보내는 사람의 마음에 꽃 한 송이 놓아주는 일이, 나만의 행복을 발견하는 것보다 더 큰 보람을 준다는 것을 깨달았다. 나만 느낄 수 있는 행복은 금세 잊히고 말지만, 다른 사람의 우울을 없애주는 일은 더 큰 행복이 되어 오랜 시간 내 마음에 남았기 때문이다.

내가 추구하는 건 나만 행복하면 그만인 삶이 아니라 우리가 함께 행복한 삶이다. 혼자서만 행복한 삶은 무감각해질 수 있지만, 누군가의 마음에 행복을 심어주고 함께 키워나가는 삶은 그 자체로 엄청난 의미가 되어준다. 나를 더욱 풍요롭게 만든다.

꽃이 하나둘 피어날 때마다 향기를 풍기는 것처럼, 힘든 시간을 겪고 있던 이들이 행복을 느낄 때마다 내 삶이 조금씩 아름다워짐을 느낀다. 앞으로도 멈추지 않고 꽃을 심어야겠다. 더 많은 행복을 나누고, 더 많이 우울을 없애며 나와 주변 이들 모두 행복한 삶을 만들어 가고 싶다.

미완성
관계

순간의 감정에
휘둘리지 않는 것

누구나 한 번쯤 가까운 사람을 날카롭게 대했던 적이 있을 것이다. 삶의 여유가 없다는 핑계로, 바쁘다는 이유로 순간적으로 날 선 사람이 되었던 적이 있을 것이다. 나 또한 좋지 않은 기분에 사로잡혀 가까운 사람에게 욱하고 짜증을 냈던 때가 있었는데 곧바로 엄청난 후회가 밀려왔던 기억이 있다. 지금은 감정을 다스릴 줄 알기에 그런 일이 자주 일어나지는 않지만 그래도 아주 가끔은 나도 모르게 부정적인 기운을 내뿜을 때가 있다.

힘든 시기를 겪으면 정신도 피폐해지고, 내 몸과 마음을 챙기기도 바빠 늘 곁에 있어 주는 사람의 소중함을 잊을 수 있다. 하지만 그 누구도 자신이 힘들다는 이유로 다른 사람을 함부로 대할 수는 없다.

좋은 관계를 이어 나가기 위해서는 감정을 다스릴 줄 알아야 하고, 나의 기분에 따라 누군가를 대하는 태도가 변하지 않도록 경계해야 한다. 기분이 좋을 때도, 기분이 좋지 않을 때도 곁에 있는 사람의 소중함을 잊어버리지 않는 것. 관계에서는 그게 참 중요하다.

삶의 여유나 시간적인 여유는 언젠가 되찾을 수 있지만 한순간 멀어진 관계는 되찾기 어렵다. 한순간의 감정으로 관계를 무너뜨리는 사람이 되지 말자.

미완성
관계

용담초

주말이라 밖에서 놀고 있었는데 엄마가 우울하다는 카톡을 보내왔다. 직장에서 받는 스트레스와 많은 일들이 겹쳐서 생긴 우울인 것 같았다.

좋아하는 음식을 사드리면 기분이 나아지려나 싶어 집으로 음식을 시킨 뒤 돌아가는 길, 바로 눈앞에 꽃집이 있었다.

순간 엄마한테 꽃을 선물했던 적이 있던가, 기억을 떠올려 봤는데 이렇다 할 기억은 없었다. 매번 받기만 했구나. 오늘 꽃을 사 가야겠다 마음을 먹고 꽃집에 들어갔다. 무슨 꽃이 좋을까 한참을 고민하다가 보라색의 예쁜 꽃이 눈에 들어왔다.

꽃을 사기 전에는 항상 꽃말을 검색하는데 나는 순간 깜짝 놀랐다. 꽃말이 '당신이 슬플 때 나는 사랑해요'라는 뜻이었기 때문이다. 물론 '슬플 때 사랑한다'라는 뜻이 애매한 것 같기도 했는데 내게는 '슬퍼하는 당신도 사랑해요'라는 뜻으로도 들려서 덜컥 그 꽃을 사 버렸다.

그러고는 집으로 돌아가 엄마에게 꽃을 건네주었다. '슬픈 당신도 사랑한다는 의미가 있는 꽃이야!'라고 꽃말 뜻을 알려주면서.

사실 위로가 되었는지는 잘 모르겠다. 반려견이 향기가 좋았는지 꽃을 독차지하는 바람에 엄마는 그저 바라볼 수밖에 없었기 때문에. 하지만 다음 날부터 조금씩 웃는 엄마를 보면서 확신했다. 내가 엄마의 우울을 몇 그램 덜어냈구나. 그것참 다행이라고.

가까운 사람이 힘들어할 때 가장 좋은 위로는 적당한 거리에 서서 지켜봐 주는 것. 지나치게 가까이 다가가면 자칫 부담될

미완성
관계

수도 있고, 멀찍이 떨어져 버리면 무관심이라고 생각할 수 있기에 그 '적당함'을 찾아내는 것이 가장 중요하다.

내가 꽃을 사 간 이유도 그 이유다. 꽃은 적당한 거리에 두고 멍하니 바라보는 것만으로도 기분이 좋아지니까. 우울해하는 나를 위해 가져온 꽃이라면, 꽃말도 근사하다면 더더욱.

며칠 뒤 집을 나오면서 바라본 꽃은 비록 시들었지만, 엄마의 마음으로 꽃의 싱그러움이 옮겨간 것이 아닌가 하는 상상을 한다. 꽃이 시들시들해진 딱 그만큼 엄마의 마음은 푸릇푸릇해졌을 거라고.

노래 속
기억 창고

인터넷을 둘러보다가 오래전에 사용하던 이메일 계정이 떠올라 로그인을 해봤다. 편지함에는 예상대로 무의미한 광고 메일이 가득했다. 그럼 그렇지, 페이지를 닫으려고 하는 찰나 맨 아래에 이미 읽은 표시가 되어 있는 메일을 보았다.

낯선 이름이었지만, 그 이름을 보자마자 누구였는지 바로 떠올랐다. 정확히 어떻게 알게 된 사이인지는 기억이 안 나지만, 한때 친했던 사람이었고 어쩌다 보니 기억 속에서 완전히 잊힌 사람이었다. 메일함을 열어 그 사람과 어떤 메일을 주고받았는지 봤더니 우리는 서로 좋아하는 노래를 추천해 주고 있었다.

생각난 김에 노래가 듣고 싶어져서 오랜만에 메일 속에 있는 노래를 검색해 들어봤는데, 신기하게도 오래전 그 노래를 듣던 내 마음과 기분이 생생하게 재생되는 듯했다. 그냥 노래일 뿐인데, 심지어 한참 동안 듣지 않았던 노래였는데 그때 그 노래를 들으면서 했던 생각과 걱정이 한순간에 파도가 되어 내게로 밀려왔다.

순간 어쩌면 노래에는 기억의 창고가 있는 게 아닌가 하는 생각이 들었다. 노래를 듣는 순간 내 마음과 생각이 창고에 담겨 어떤 순간이든 그 노래를 틀면 그때 그 감정이 재생되는 거다.

단순히 사람을 위로하고 신나게 하는 것 외에도 한 사람의 시절을 기억할 수 있게 해주는 것. 그게 음악이 가진 힘이고, 우리가 음악을 사랑할 수밖에 없는 이유라고 생각한다.

그러니 앞으로도 가까운 사람과 많은 노래를 들어야지. 훗날, 이 순간이 그립게 되거나 이 사람이 그리워질 때, 그냥 그 노래를 듣는 것만으로도 마음이 따뜻하게 채워질 테니 기억하고 싶은 사람, 평생 함께하고 싶은 사람, 내가 아끼는 친구, 사랑하는 부모님에게 많은 노래를 들려주고 또 같이 들어야겠다고 다짐했다.

미완성
관계

가만히 있는
것들

가만 보면 참 많은 것들이 어디론가 흘러가고 있다. 하늘 위를 떠다니는 구름도, 재깍재깍 소리를 내며 돌아가는 시곗바늘도 눈 깜빡이는 사이에 흘러간다. 어제와 오늘, 방금과 지금 그 짧은 시간 속에 세상은 계속해서 달라지고 있다.

그래서일까, 나는 가만히 멈춰 서 있는 것들이 좋다. 한곳에 오래 머물러 있는 식당이나, 마음이 지칠 때마다 찾아가는 한강, 수많은 사람이 타고 내리지만 언제나 그 자리에 가만히 있는 정류장 같은 것들. 그런 걸 보면 바쁘게 나아가다가도 가끔은 멈춰 서도 괜찮을 것 같은 기분이 든다. 나까지 흘러가야 하나 싶을 때 머물러 있어도 괜찮다고 말해주는 것 같다.

분명 쉽지는 않겠지만 나 또한 누군가에게 그런 존재이고 싶다. 늘 그 자리에 묵묵히 있어 주는 사람, 힘들 때면 잠시 앉아 쉬어가고 싶은 공원의 의자 같은 사람으로 기억되었으면.

존재만으로 위로가 되는 것들이 오래도록 변하지 않았으면 좋
겠다.

미완성
관계

잡생각

시간이 지날수록 찾게 되고, 만나게 되는 사람은 함께 있을 때 잡생각이 없어지는 사람인 것 같다. 별생각 없이 웃고 떠들며 시간을 보낼 수 있는 사람. 혼자 있을 때는 걱정투성이지만 함께 있을 땐 이상하게 나를 안정으로 이끄는 사람. 나를 꾸밀 필요도, 신경 써야 할 것도 없는 편한 사이. 그런 사람이 삶에 있고 없고는 내가 힘든 시간을 건너갈 때 가장 크게 체감이 된다. 아주 사소한 것으로도 무너지기 쉬운 내게 기댈 수 있는 유일한 사람이 되어주니까.

살아갈 만한
삶

아무런 걱정 없이 내 마음을 말할 수 있는 누군가가 있다는 사실에 안도감이 들 때. 고단했던 하루의 끝, 지친 마음을 털어버릴 수 있는 친구가 있을 때.

비로소 인생은 살아갈 만하다고 느껴진다. 내가 바라는 삶은 거창한 게 아니라 딱 이 정도의 인간적인 삶이다. 힘든 일이 있을 때 주저 없이 말할 수 있고, 또 들어줄 수 있는 삶.

때론 좋은 사람들과 별 의미 없이 웃고 떠들면서 시간을 축내기도 하고, 내 사람이 겪은 부당한 일을 내 일인 것처럼 열 내기도 하면서 곁에 있는 이들과 순간을 살아내는 것.

혼자가 아닌 채로 함께 저물어 가는 것.

길게
보자

길게 이어지는 관계가 좋다. 목적을 이뤘다고 서서히 멀어지고, 나를 다 알았다고 떠나가는 얕은 인연이 아니라 알 만큼 알았으니 누구보다 나를 자세히 알아주고 상처받지 않게 배려해주는 관계.

더는 깊고 짧은 관계로 시간과 감정을 소모하기는 싫다. 큰 변화 없이, 변수 없이 안정감을 느낄 수 있는 사이가 좋다. 안 그래도 힘든 세상 속에서 내가 아끼는 사람에게 또 다른 스트레스를 주기는 싫으니까.

그랬구나

"그랬구나"라는 말을 좋아한다. 그 말을 듣는 것도 좋아하고, 그 말을 하는 것도 좋아한다. 그건 누군가가 나를 이해해 주는 말이기도 하면서 누군가의 이야기를 듣고 나서 꺼낼 수 있는 말이기 때문이다.

사람은 누구나 사연을 가지고 있다. 이야깃거리로 소모되는 사연이 대부분이지만 때로는 말하기 힘든 사연을 가진 사람도 있다. 그래서 나는 기분 좋은 일이 있어 보일 때가 아니면 자세히 누군가를 들여다보는 것을 자제하는 편이다.

잘 지내는지 궁금할 때면 "뭐야? 무슨 일 있는 거야?"라는 말보다 "밥은 잘 먹고 다니지?"라는 말이나 "건강 챙기자"라는 말이면 충분하다. 그 후에 "사실 있잖아…"라고 먼저 이야기를 꺼내오면 이야기를 들어준 다음 "그랬구나"라는 말을 꺼내면 되기 때문이다.

적당한 거리감, 적당한 무심함.

나는 이것들이 관계에 필요한 요소라고 생각한다.

대단한 위로나 해결책을 건네지는 못해도

누군가의 삶을 깊숙이 파헤치지 않으면서

이야기를 잘 들어주는 사람으로 기억되고 싶다.

미완성
관계

뒤에서

예전의 나는 선두에 서는 것을 좋아했다. 탁 트인 시야가 주는 개방감과 무리를 이끄는 느낌이 좋았다. 왠지 모를 책임감이 느껴지는 자리였지만 길을 잘 찾는 편이라 부담도 없었다.

그러다 어느 날, 단체로 걷는 행사에 참여한 적이 있었는데 그 날따라 몸 상태가 좋지 않아서 선두가 아닌 후미에서 걷게 됐다. 이런 적이 없었는데 왜 그럴까 자책도 하며 더욱 힘을 내봤지만, 후미에서 걷는 건 둘째 치고 대열의 속도를 따라가기도 어려웠다.

이대로 그만둬야 하나, 그러긴 싫은데 하며 스스로 고민하고 있을 때 누군가 말을 걸어왔다.

"괜찮아요? 아까부터 봤는데 몸이 불편한 거 같아서 혹시 괜찮으면 같이 걸을까요?"

내가 고개를 끄덕이자 이내 관리자에게 사정을 설명하고는 대열과는 상관없이 내 속도대로 행사를 끝마칠 수 있었다. 어쩌면 그때부터였을까. 나는 점점 선두보다 후미에 서는 것을 더 좋아하게 됐다. 앞을 보면 함께 나아가는 이들이 보이고 혹시나 뒤처진 사람이 있으면 괜찮냐고 말을 건넬 수 있는 위치. 나 같은 사람이 또 있다면 이번에는 내가 도와주고 싶었다.

우리 삶에서도 도움이 필요한 사람이 있을 수 있다. 뒤처진 나에게 손을 내밀어 준 그 사람 덕분에 기댈 곳이 생긴 나처럼, 사람은 기댈 구석이 있어야 비로소 숨을 쉬면서 살아간다고 생각한다. 밥은 먹었냐는 물음과 나를 챙겨주는 손짓. 우리에게 필요한 건 딱 그 정도의 다정함이 아닐까. 세상 사람 대부분은 몰라줘도 나를 알아주는 딱 몇 명만 있으면 세상은 살아갈 만하다고 느껴지는 것처럼, 앞으로 내 남은 삶은 후미에 서서 누군가에게 손을 건네주며 살고 싶다.

미완성
관계

혼자라고 생각했던, 세상이 퍽퍽하다고 느꼈던 사람에게 기댈 구석을 만들어 주고 이 삶을 무사히 완주할 수 있게 도와주는 어른이 되고 싶다.

귀한
인연

가끔 그런 생각을 한다. 무한한 우주를 떠돌다 누군가를 만날 확률만큼이나 지금 내 옆에 있는 사람을 만난 것도 엄청난 우연이 필요한 일이 아닌가 하는 생각. 같은 공간에 존재하는 것도 모자라 서로의 눈에 들어 대화를 나누고 알아가는 것. 평범하게 스쳐 갈 법도 한데 굳이 멈춰 서서 인연이 되기로 결심한 것. 그건 엄청난 일이다.

우리는 너무 자주 소중함을 잊어버린다. 희박한 확률을 뚫고 서로를 만났으면서, 그보다 더 어려운 가능성을 이겨내고 깊은 관계가 되었으면서, 가끔 다시는 안 봐도 될 사람처럼 대한다.

지구를 떠돌다 마주친 사람 중 인연이 되기를 자처한 몇 사람들. 그들을 아주 조금만 더 소중히 대했으면 좋겠다. 이 세상에 자연스럽게 만들어진 인연은 없다. 우린 아주 인위적으로, 큰 우연으로 서로의 곁에 존재하게 됐음을 잊지 말자.

내
행복

관계 속에서 희생을 자처하는 사람을 보면 조금은 측은한 마음이 들 때가 있다. 자신을 챙기는 것도 필요해 보이는데 매 순간 타인을 위해서 자리를 내어주고 양보하는 걸 보면 진정 행복할지 의구심이 든다. 한때는 나도 나 자신을 밀어두면서까지 타인을 위했던 때가 있었다. 착한 사람이 되어야겠다는 강박 비슷한 마음으로 나 자신을 후순위로 두곤 했는데 언제부턴가 굉장히 지쳤던 기억이 난다.

타인을 위할 수 있는 마음을 유지하려면 결국 체력이 필요하다. 그리고 그 체력은 나의 행복으로부터 온다. 내가 우선인 삶. 그건 절대로 이기적인 게 아니라고 말해주고 싶다. 내가 먼저 행복하고, 내가 충족되어야 타인을 위하는 마음과 여유가 생기고 그래야만 고장 나지 않고 누군가를 더 챙길 수 있게 되니까. 나 자신은 언제나 내가 먼저 돌봐주어야 한다. 그게 더 건강한 삶이다.

3장

미완성
사랑

함께일 때
행복할 것

이 세상에는 혼자서도 할 수 있지만, 함께라면 의미가 더욱 커지는 것들이 있다. 혼자서도 볼 수 있는 영화를 굳이 당신과 보는 일. 나는 지금 허기지지만 한 시간 뒤 퇴근하는 당신과 저녁을 먹기 위해 기다리는 일. 마음이 답답해서 걷고 싶은데 괜히 당신을 불러내서 함께 걷는 일.

같은 길을 걸어도 유난히 마음이 설레는 사람이 있다. 똑같은 바다를 보고 있는데 이 사람과 함께 있으면 이상하게 마음 안에서 파도가 일어나는 것 같다면, 그 사람과 당신은 내면이 이어져 있다는 것. 평범하지 않은, 어디서도 만나기 힘든 인연이라는 뜻.

톱니바퀴가 맞물려 돌아가듯, 이 시간에도 수많은 관계가 맞물려 움직이고 있다. 내 사람인 것 같은 사람이 나타났다면, 나랑 딱 맞는 톱니바퀴를 찾은 것 같다면 절대 놓치지 않기를 바란

다. 관계를 가만두지 말고 끊임없이 말 걸면서 곁에서 멀어지

지 않게 붙잡을 수 있기를.

미완성
사랑

거대한
세계

지금껏 살아오면서 수많은 사랑을 겪었다. 처음엔 유치원이었다. 하필이면 다음 주에 이사 가는 친구를 좋아했다. 얼굴은 기억나지 않지만, 헤어지는 순간만큼은 생생하게 그려진다. 집앞 골목길, 이삿짐이 가득 실린 용달차 앞에서 우린 포옹을 나눴다. 그때의 나는 할 수 있는 일이 없었지만, 그 어린 나이에 이것 하나는 확실하게 알고 있었다. 이 친구를 다시는 볼 수 없겠구나.

어린 나이에 겪었던 이별은 참으로 아득했다. 내가 할 수 있는 건 잘 가라고 손을 흔들며 우는 것뿐이었다.

사랑은 중학교 때도 이어졌다. 고등학교에 다닐 때도, 스무 살이 되어서도 사랑은 계속해서 흘러갔다. 두근대고 설레던 사랑. 좋은 곳을 가고, 맛있는 걸 먹고, 별거 아닌 것으로도 웃었던 풋풋한 사랑. 하지만 그런 사랑은 어느새 저물어버렸다. 나이가 들어가면서, 사랑이라는 이름이 조금 더 굵고 반듯하게 쓰였다. '사랑'이라는 이름에 무게감이 느껴졌다. 예전에는 보이지 않던 '책임감'이라는 것이 사랑 속에 스며들게 된 것이다.

이제 내게 사랑은 단순히 대상을 좋아하는 것뿐만 아니라 그 사람의 세계를 내 세계와 합치는 것이 되었다. 그로 인해 거대한 세계가 만들어지면 그 세계를 유지하기 위해 내 삶을 돌본다. 어른의 사랑이 이런 걸까, 사랑을 위한 '책임감'이 생기는 것. 우리의 삶이 무너지지 않도록 열심히 지탱해야 하는 것.

사랑은 '책임'이 따르는 일이다. 가만두고 바라보기만 하면 금세 어딘가로 날아가 버리게 되니까.

기억에 남는
사랑

웃는 게 참 예뻤던 친구가 있었다. 예쁘기만 한 것도 아니고, 뭐랄까 시원시원했다. 성격도 쾌활했고, 친구들과도 두루두루 잘 지냈고 함께 있으면 기분이 좋아졌다. 그 친구는 남자 친구가 있었는데, 어느 날 이별했다는 소식을 들었다. 그 순간 감정이 되게 묘했던 기억이 난다. 내가 좋아하던 사람이 '혼자'가 되었다는 건, 나한테는 가능성이 생긴 셈이라 좋아해야 마땅한 일이지만 먼저 걱정이 됐다. 누구에게나 이별은 괴롭다는 걸 알고 있으니까. 약간의 거리를 두기도 했다. 그 친구가 괜찮아질 때까지 좋아하는 마음은 살짝 접어두기로.

시간이 지나고 우리는 독서실에서 만났다. 학교가 아닌 사적인 공간이어서 그런지 몰라도 소소한 것들이 설렘으로 다가왔다. 특히 휴게실에 갔는데 그 친구가 있을 때. 같이 커피를 마시거나 잠깐 얘기를 나누는 것만으로도 마음은 터질 것 같았다.

누가 그랬다. 좋아하는 마음은 어디로든 가게 된다고. 여느 때와 같이 독서실에서 나와 집으로 돌아가는 길. 달이 떠 있는 하늘 아래에서 나는 고백했다. 좋아한다고, 좋아하고 있다고. 그때 내 기분은 어떤 글자로도, 단어로도 형용할 수 없었다. 고백이 받아들여졌을 때, 내 마음은 공원을 신나게 뛰어다니는 듯했다.

누구에게나 기억에 남는 사랑이 있다. 내게는 이 사랑이 그러하다. 그토록 쑥스러움이 많던 내가 처음으로 당당하게 고백했다는 점에서. 누군가를 좋아한다는 감정을 확실히 알게 되었다는 점에서. 잊지 못할 하나의 추억이 되었다.

이 세상에는 의미 없이 스쳐 가는 사랑이 많다. 가볍게 소비하고 버려지는 감정들. 손쉽게 만나고 또 그만큼 죄책감이 없는 관계. 그런 것들이 꼭 나쁘다고는 할 수 없겠지만, 살아가면서 한 번쯤은 기억에 남을 사랑을 해볼 것을 권하고 싶다. 혹시나

미완성
사랑

이루어지지 않더라도 괜찮다.

그동안의 사랑은 사랑이 아니었구나,
그동안의 좋아함은 진정한 좋아함이 아니었구나,
느낄 수만 있다면.

생각만으로도 벅차고 늦은 밤 행복해서 뒤척일 수 있는 그런
사랑을 하기를 바란다. 그 경험은 단순한 행복을 넘어서서 인
생에 몇 번 없을 소중한 순간이 될 테니까. 그것만으로도 충분
히 가치 있는 사랑이 될 테니까.

진심으로 건넨 마음이 받아들여지는 순간.
나는 그런 것들을 좋아한다.
가만 떠올리기만 해도
입안에 없던 사탕이 생겨난다.

사랑이 주는
모든 것들

언젠가 내게 자식이 생긴다면 꼭 전해주고 싶은 말이 있다. 사랑은 꼭 해보라는 말. 사랑 앞에서 너무 머뭇거리지 말라는 말. 사랑은 하면 할수록 어렵고, 손에 닿으면 닿을수록 아프겠지만 그럴만한 가치가 있다는 것을 말해주고 싶다.

사랑은 관계의 연장선이다. 사랑을 많이 접할수록 관계 또한 깊이 알게 된다. 어떻게 다가서야 하는지, 갈등이 생겼을 때는 어떻게 풀어내야 좋은지. 상대방을 배려하는 말투는 무엇이고, 어떤 습관이 관계를 오래 이끄는지. 사랑은 단순히 누군가를 좋아하고 끝나는 것이 아니라 관계를 지켜내는 것이기 때문이다.

사랑하면 소소한 행복을 느낄 수도 있는데, 평소라면 쉽게 지나쳤을 것들이 모두 행복이 된다. 가볍게 부는 바람, 맑고 쨍한 날씨. 혹 비바람이 몰아쳐도, 같이 쓰는 우산이 뒤집혀져도 웃을 수 있는 건 사랑을 해서다.

그러니 어떻게든 사랑을 하자. 무모하게 다가가 보기도 하고, 눈 딱 감고 용기를 내서 사랑을 얻어내기를. 누군가를 진정으로 대한다는 것. 감정을 나누고 또 깊어진다는 것. 사랑이 주는 것들은 실로 어마어마한 것들. 그것들을 놓치지 않았으면 좋겠다. 삶은 유한하지만 사랑은 무한하다.

미완성
사랑

한두 번밖에
만나지 못할 사람

세상에는 살면서 한두 번밖에 만나지 못하는 사람이 있다. 이 런저런 사람을 만나다가도 한순간 나를 힘껏 잡아당기는 묘한 사람. 운명을 맹신하지 않는데도 믿게 하는 사람.

가끔 이 사람은 놓쳐서는 안 되는 사람이라는 직감이 올 때가 있는데, 바로 그 사람이다. 마음의 방향도, 생각의 흐름도 잘 맞는 사람. 나의 부족한 점은 그 사람이 메워주고 그 사람의 부족한 점은 내가 메워줄 수 있는 이상적인 관계. 그러나 내가 처음 그 직감을 느꼈을 때는 그렇게 대단한 것인 줄 몰랐다. 불행히도 잘 통한다는 정도로만 가벼이 생각했던 것 같다.

나와 같은 후회를 당신은 하지 않았으면 한다. 이런 직감은 내 삶에 몇 번 찾아올지 모르는 선물이다. 운 좋게 몇 번이고 그런 사람을 만날 수 있고, 한 번도 오지 않은 채 삶을 마감할 수도 있지만 나는 적어도 한 번쯤은 온다고 믿는다. 생애 한 번쯤 만나게 될 사람. 그런 사람을 마주한다면 허무하게 놓쳐버리지 않기를 바란다.

후회는 떠난 사람을 되돌아오게 만들 수 없다. 나의 상처만 점점 더 벌어질 뿐. 내 곁을 떠난 사람을 다시 마주할 확률은 아주 희박하다는 걸 당신이 알았으면 좋겠다. 그 사람은 계절이 아니다. 다시는 돌아오지 않는다. 부디 그 소중함을 잊지 마라.

미완성
사랑

사랑은
두 사람이 하는 일

사랑은 모름지기 한 사람만 행복해서는 안 되는 일이다.
엄연히 두 사람이 하는 것이기 때문에 두 사람 모두 행복해야
좋은 사랑을 하고 있다는 증거가 된다.

가끔 희생을 자처하는 사람이 있다.
물론 그 사람의 웃음을 보는 일이 나에게도 행복이 될 수 있다.
그러나 시간이 계속 흘러도 마냥 행복할 수 있을까. 내 마음을
계속해서 갉아먹는 사랑은, 그렇게 해서 얻는 행복은 언젠가
막을 내릴 수밖에 없다.

나는 생각한다.
행복을 반으로 나누면 한쪽은 나, 한쪽은 너였으면 좋겠다고.
어디 한쪽으로 치우치지 않게, 누구 하나 부족하지 않게
균등하게 사랑하고 소중하게 생각했으면 좋겠다.

사랑은 두 사람이 하는 일이라는 것.

그 사실을 잊어서는 안 된다.

잊는 순간 사랑은 급격하게 기울어 버릴 테니까.

미완성
사랑

상처가 있어도
괜찮다

관계에서 큰 상처를 받은 사람은 그 기억이 트라우마처럼 마음에 남게 된다. 당연하게도 다른 사랑을 쉽게 시작할 수 없게 된다. 그러나 시간이 흐르고 그 기억은 조금씩 잊혀간다. 드디어 괜찮아졌나 싶을 때, 누군가가 내 마음을 두드리고 문을 열어 볼까, 고민하다 이내 열지 못한다. 생각보다 많은 사람이 이런 과정을 겪고 있다.

똑같은 상처를 다시 반복하게 될까 봐. 그때 상처받았던 마음이 얼마나 깊었는지 알기에 겁에 질려 밀어내는 것이다. 하지만 이렇게 말하고 싶다. 문을 열지 않고 사랑을 밀어내기만 한다면 당신의 상처는 절대로 치유될 수 없다고.

사랑은 원래 두려운 일이다. 이 사람과 행복하게 오래오래 지낼지, 혹은 똑같은 이별을 겪고 헤어지게 될지는 아무도 모른다. 그런데도 사람들이 사랑에 빠지는 건 언젠가 그 상처는 잊

히기 때문이다. 그 상처를 알고도 기다려 줄 사람이 어딘가에
는 있기 때문이다.

상처받았다는 이유로 사랑 앞에서 도망치기만 했다면 이제는
용기 내 마주해 볼 것을 권한다. 당신이 가진 상처는 마음을 열
어야만 어딘가로 날아갈 테니. 꼭꼭 잠가둔다고 절대 소멸하지
않는다. 오히려 더 진해질 뿐이다.

미완성
사랑

사랑은
독과 향기

누군가를 사랑했던 추억은 어떻게 보면 독이 될 수도, 향수가될 수도 있다. 그건 어떻게 받아들이는가에 달렸다. 얻을 것 하나 없는 감정 낭비였다고 생각한다면 독이고, 사랑에 빠졌었던 나의 한 시절을 부정하지 않는다면 '그땐 그랬었지' 하고 추억을 흩뿌릴 수 있는 향수가 된다.

내가 사랑받고 있다고
느낄 때

삶의 밑바닥을 기어가고 있는데 나를 포기하지 않을 때. 가볍게 흘려보냈던 말을 주워 먼 훗날 기억해 줄 때. 사소한 연락으로 일상을 공유해 줄 때. 남들 앞에서 나를 부끄러워하지 않을 때. 나조차도 믿음이 없는 내 삶을 믿어주고 응원해 줄 때. 다툴 때는 다투더라도 헤어진다는 생각은 절대로 하지 않을 때. 나의 미래가 되어줄 때. 사랑한다고 말해줄 때. 내가 아플 때 곁에 있어 줄 때. 속상한 일이 생겼는데 곧바로 달려오는 널 봤을 때. 삶을 맡겨도 되겠다는 생각이 들 때. 가끔 혼자만의 시간을 보내도 서로 불편하지 않을 때. 서로의 믿음이 끈끈할 때. 나를 깎아내리는 말을 하지 않을 때. 무엇보다도 영원할 거라는 믿음을 행동으로 보여줄 때.

미완성
사랑

편한

공간

편히 쉴 수 있는 공간이 있다는 건 좋은 일이다. 몸이 아닌 마음도 편히 내려놓을 수 있는 공간. 가끔은 그런 공간이 절실해진다. 관계에 치이고, 일에 치이고, 내 안의 바람에 흔들리다 보면 별수 없이 찾게 된다. 전에는 집이 그러했으나 지금은 특별한 사람이 그러하다.

울상이 되어 그 사람에게 달려가면 마음 깊숙한 곳에서부터 안정이 찾아온다. 불확실한 행복이 아닌 확실한 행복을 주는 사람. 일에 치여도 고생했다고 두드려 주는 손. 안에서 부는 바람에 마구 흔들려도 단단히 붙잡아주는 믿음. 이런 사람이 있다는 건 참 다행인 일이다.

그런 공간을 내어주는 사람이 있으면서도 알아주지 못했던 과거의 나. 다시는 그 소중함을 잊어버리지 않을 것이다. 그런 사람은 한두 번 나타나는 사람이 아니다. 어쩌면 평생을 다 바쳐 마음을 전해도 모자란 사람일지도 모른다.

당신의 곁에도 그런 공간이 반드시 있을 것이다. 마음이 힘들
때 자연스럽게 찾게 되는 곳, 만나게 되는 사람이 그렇다. 지쳤
을 때 당연하다는 듯 생각나는 존재가 언제나 곁에 있어 줄 거
라고 단정 짓지 않기를 바란다. 나를 편하게 해주는 것만큼이
나 나 또한 고마움을 전할 수 있어야만 그 공간은 유지되니까.

미완성
사랑

바람이
부는 순간

바람 속에서 마음이 느껴진다. 이건 그냥 스쳐 가던 평범한 바람이 아니다. 바람에 마음을 담아 보낸 사람이 누굴까. 생각나는 사람이 있다. 기분 좋은 바람은 자꾸 나를 부추긴다. 사랑하라고, 사랑하지 않겠냐고. 가만히 있던 나를 건드리고는 금세 도망가 버린다.

바람이 부는 날은 사랑하기 좋은 날이다. 누군가를 불러내기 좋은 날. 같이 걷고 싶은 사람이 떠오른다면 그 사람일지도 모른다. 내게 마음을 불어 보낸 사람. 사랑하고 싶은, 사랑해야 하는 사람.

물든
사람

한순간에 빠져버린 인연보다 서서히 그리고 깊숙이 내 안에 자리 잡은 사람을 떠나보내는 일이 더 괴롭다. 내게 스며든 줄도 몰랐는데 정신 차려 보니 이미 그 사람으로 물들었을 때. 어떻게 잊어야 할까. 이 마음을. 어느새 전부가 되어버릴 수는 있지만, 전부가 된 사람은 어느새 잊어버릴 수 없다. 그게 참 괴롭다.

이별은 가장 친한 친구를
잃는 것

사랑하는 사람과 이별하게 됐을 때 그동안은 사랑을 잃었다는 사실이 슬펐었는데, 언제부턴가 달라졌다. 사랑이 아닌 사람을 잃어서 아파졌다. 매일 봐도 좋았던 사람. 함께 하는 여행도 좋았던 사람. 입맛이 비슷해서 먹는 것도 비슷했던 사람. 쓸쓸한 밤이 오면 공허한 마음을 채워주던 사람. 아플 때면 달려와 걱정해 주던 사람. 친한 친구보다 더 깊은 사이가 되어주었던 한 사람을 잃게 된다는 건 정말 슬픈 일이다.

지나간 시간을 되돌아보면 애써 묻어둔 추억이 가득하다. 흐릿한 채로 두어야 하는 것들. 덮어둔 채로 이해해야 하는 것들. 만일 다시 사랑을 시작하게 된다면 끝까지 가고 싶다. 평생을 함께하겠다는 마음으로 사랑할 것이다. 함께 만들었던 추억, 그 모든 걸 없었던 것으로 생각하기엔 너무나도 선명하고 소중하니까.

사랑은 가장 친한 친구가 생기는 것. 이별은 그 친구를 영영 보지 못하게 되는 것. 누군가에게 나를 일일이 풀어내야 하는 일이 다시는 없었으면 좋겠다. 그럴 일 없게 있을 때 잘해야겠다.

미완성
사랑

불안정하지만
아름다운

나에게 사랑은 환상이었다. 끝없는 불안함을 끝낼 수 있는 유일한 행위. 안정을 느낄 유일한 방법. 사랑을 시작하면 가만히 있어도 평화롭고 내게 행복을 가져다주는 줄로만 알았다. 하지만 사랑은 이런 것이었다. 불안정하지만 동시에 황홀한 것. 많은 준비물이 필요한 것 같지만 우연한 장소에서 우연히 만난 누군가와의 눈 맞춤으로도 시작되는 별 볼 일 없는 것. 하지만 전혀 사소하지 않은 것.

사랑이 커다란 안정을 가져다준다고 착각하지 않아야 한다. 사랑만큼 불안정한 것은 없기 때문이다. 행복만을 바라고 사랑에 빠져드는 것만큼 미련한 일은 없다.

사랑이 필요하다고 느끼는가. 당신의 불안정한 마음을 사랑 뒤편으로 숨기고 싶은가. 사랑은 그런 쓸모가 될 수 없다. 불행할 자신이 있을 때, 불안함 속에서도 흔들리지 않을 자신이 있을 때 비로소 사랑을 시작할 수는 있지만, 행복을 책임져 주지는 않는다는 것.

사랑을 시작하기 전에 반드시 명심해야 하는 것들이다.

미완성
사랑

애틋함

사랑이 익숙해졌다고 느껴질 때는 잠시 핸드폰과 멀어지는 것도 좋겠다. 사랑하는 사람과 소통하는 방법은 오로지 편지밖에 없는 곳, 그런 곳에서 한 달 정도 살아보는 것도 나쁘지 않겠다. 말을 전하는 방법이 편지밖에 없다면 사소한 말들도 일일이 펜을 들어 종이에 적어야 할 테니 그 모든 것이 정성이 되겠다.

사람과 사람이 멀어지면 자연스레 애틋함이 생긴다. 평소라면 별 영양가 없다고 느꼈을지도 모를 대화가 얼마나 소중한 것이었는지 깨닫게 된다. 사랑에는 조금의 불편함이 있어야 한다. 보고 싶다고 바로 볼 수 있는 것이 아니라 보고 싶다면 달려갈 줄 알아야 하고, 시간을 내서 기차표를 끊어도 봐야 한다. 그래야 안다. 사랑이 얼마나 번거로운 일인지, 사랑하는 사람을 만나고, 사랑하는 사람과 좋아하는 거리를 걷는 일이 얼마나 특별한 일인지를.

요즘 사랑은 지나치게 편리하다. 접근성이 좋고, 또 그만큼 쉽게 소모된다. 어느 정도는 사랑이 불편해졌으면 좋겠다. 누군가를 만나기 위해서 기다리는 시간, 필요한 정성이 아무것도 아니라는 듯이 치부되지 않기를.

미완성
사랑

바다 앞에서
만나자

마음이 헛헛할 때는 그 기운을 잠재우러 바다 앞으로 가는 습관이 있다. 그날도 어김없이 바다로 향했었다. 제주의 어느 바다였다. 보통 바다에 도착하면 멀리서 커다란 풍경을 바라본다. 서서히 절경에 압도되다 보면 바다가 나를 당기는 것인지, 내가 바다를 당기는 것인지도 모르게 바다 앞으로 빨려간다. 파도가 부서지는 소리를 들으면서 마음에 있던 걱정 하나하나 꺼내어 잘게 부순다. 그렇게 하나둘 걱정을 버리고 있던 찰나, 주변을 둘러보다 우연히 바다를 멍하니 보고 있는 여자를 발견했다.

그 순간 나는 무언가를 확신했다. (저 사람에게는 분명 사연이 있다!) 그도 그럴 것이 한참 동안 가만히 서서 바다를 바라볼 뿐이었다. 아무런 미동도 없이, 그 주변의 공기만 유독 느리게 흐르는 것처럼 서 있었다.

도대체 무슨 사연을 가진 것일까. 남의 사정을 함부로 알려고 하면 안 되는 걸 알면서도 궁금했다. 저 여자는 무얼 쏟아내고 있는 걸까. 실연을 한 걸까. 무슨 이유로 저렇게 쇠잔해 보이는 걸까.

한참을 멍하니 바다와 함께 그 여자의 뒷모습을 바라보고 있었 는데 누군가 내게 말했다.

"자주 오는 사람이야…"
"사랑하는 사람이 바다에서 떠나갔다나, 보고 있으면 가슴이 아플 때가 있어. 한번 바다에 오면 저렇게 한참을 서 있다가 가 거든."

사연이 있을 줄은 알았지만, 순간 마음이 쿵 하고 울렸다. 그래 서 그런 거였구나. 바다를 바라보는 게 아니라 마치 사람을 바

미완성 사랑

라보듯 슬픈 눈으로 깜빡이던 그 여자가 이해되기 시작했다.

사랑하는 사람을 잃은 상상만으로도 가슴이 먹먹해지다 못해 찢어질 것 같은데 그 사람을 데려간 바다를 보면서 그녀는 어떤 생각을 했을까. 바다가 미웠을까. 아니면 그 사람을 떠올릴 수 있어 고마웠을까.

지금도 드문드문 바다를 보면 그녀 생각이 난다. 요즘도 바다 앞에서 섬처럼 한참 서 있을까. 바닷바람이 아픈 마음을 조금은 쓸어갔을까.

이름 모를 그녀에게 편지 한 통을 대신 쓰고 싶다. 대충 건강히 잘 있다는 이야기. 보고 싶다는 이야기. 오랫동안 잊지 않아 줘서 고맙다는 이야기. 이제는 털어버리라는 이야기. 그러고는 모래사장에 꽂아놓고 뒤돌아서고 싶다.

'바다 앞에서 다시 만나자.'

언젠가 그녀도 알게 될 것이다. 어쩔 수 없이 삶을 살아가야 하
는 건 자신이고, 텅 비어버린 마음을 채워주는 누군가를 만나
기도 할 거라는 것을. 또 내 삶을 난도질했던 그 아픈 상처의
기억들이 야속하게도 서서히 잊힐 때가 오고, 왠지 모를 미안
함과 죄책감에 뒤척이기도 할 거란 걸.

하지만 그 모든 것은 그녀의 잘못도, 그 누구의 잘못도 아님을
나는 바다가 알려주었을 거라고 믿는다. 그녀가 매 순간 새롭
게 파도치는 그곳에 서서 한참 머물러 있었던 것은 어쩌면 바
다를 통해 그를 떠올리는 것뿐만 아니라 자신의 마음을 위로하
기 위해서가 아니었을까.

파도처럼 모든 건 잠시 왔다가는 것. 또 꾸준히 오는 것. 그녀의

미완성
사랑

상처도, 잔인하리만치 아픈 기억도 몇 밤 지나고 나면 새롭게 잊힐 것이다.

언젠가 다시 그 바다를 찾았을 때 혹시 그 자리에 그녀가 또 서 있다면 그때의 뒷모습은 그다지 쓸쓸하지 않기를. 이왕이면 마음에 깊이 남은 흉터를 덮어줄 만큼 넉넉한 사랑을 주는 누군가와 함께 서 있을 수 있기를.

삶을
오르는 방법

왠지 모르게 무기력한 삶에 늘어지고 있을 때였다. 하고 싶은 것도 없고, 의욕도 생기지 않는 위태로운 날들 속에서 나를 지켜내기 위해 산행을 택했다. 관악산이었다. 어렸을 때부터 종종 왔었던 곳이라 익숙해질 법도 한데 올 때마다 새롭다. 큰 틀은 바뀌지 않는데 구석구석 달라지는 부분 때문일까. 가끔은 산과 사람이 닮은 구석이 있다고 생각하게 된다.

등산 초보인 나에게 관악산은 분명 쉽지 않은 산이다. 더군다나 어렸을 적에 가족과 함께 이곳에 왔다가 길을 잃었던 기억도 있는 곳이라서 더더욱 각오가 필요한 산이 되었다. 아무것도 모른 채, 낯선 할아버지의 오토바이 뒷자리에 타고 산길을 내려가는 나를 엄마가 발견해 내지 않았다면 어땠을까 생각해 보면 아직도 아찔하다.

관악산은 직선으로 이어진 길을 따라 걷다 보면 완만한 경사의

미완성
사랑

등산로가 시작되는데, 등산길에 익숙해질 때쯤 보기만 해도 숨이 가빠질 것 같은 경사로가 나타난다. 마음에 각오를 채워 넣고 천천히 올라가고 있을 때, 뒤에서 누군가가 나를 가볍게 추월해 갔다. 꽤 연로하신 할머니셨다. 할머니는 그럴듯한 등산복도 없이 가벼운 옷차림을 한 채로 성큼성큼 산을 오르고 있었다.

나는 훨씬 젊고 팔팔한데도 저만큼 산을 못 오른다는 점에서 조금의 자책을 하고 있을 때쯤 나를 추월해 갔던 할머니가 발걸음을 멈추고 내 쪽을 바라보고 있었다. 나를 왜 쳐다보는 거지…. 한참 생각해 봐도 도무지 이유를 모르겠을 때 뒤에서 가쁜 숨소리가 들려왔다. 내 뒤에 또 다른 어르신이 올라오고 계셨던 거다.

두 분은 부부로 보였다. 할머니는 나보다 산을 잘 오르실 정도로 정정하신 것 같았으나, 할아버지는 숨을 헉헉댈 정도로 산을 버거워하는 사람이었다. 그 때문에 한 사람은 먼저 올라가고, 한 사람은 뒤따라오는 형태의 등산이 되었는데 그 모습이 참 아름다웠다. 먼저 간 사람은 뒤따라오는 사람을 기다려 주고, 뒤따라가는 사람은 앞서간 사람을 보며 힘을 내는 것. 내가 바라던 이상적인 사랑의 모습이 눈앞에 펼쳐지자 이상하게도 눈시울이 조금 붉어졌다.

어쩌면 할머니는 할아버지와 같은 속도로 산을 오르고 싶으셨을 거다. 자꾸만 뒤를 돌아보게 되고, 버거워하는 할아버지를 보며 마음이 쓰였을 테니까. 차라리 옆에서 함께 걸으면서 부축도 해주고 말동무도 해주고 싶었을 것이다. 그러나 서로를 생각하는 마음이 그토록 거대해서, 지금의 간격이 만들어진 것일 테니 그 모습은 실로 아름다웠다.

미완성
사랑

먼저 간 할머니는 중간마다 멈춰서 할아버지를 기다리는 것으로, 뒤따라가는 할아버지는 자신의 속도에 맞춰 꾸준히 오르는 것으로 각자의 산행을 하고 있었다.

일몰을 보기 위해 오른 산이었는데, 산이었는데… 근처 바위에 겨우 앉아 한참을 바라볼 수밖에 없었다. 그들의 뒷모습, 그들의 발걸음, 그 숨 막히도록 아름다운 풍경을.

그 길로 나는 다시 뒤돌아 내려왔다. 왜 더 올라가지 않았느냐고 묻는다면 이렇게 답할 수밖에 없겠다. 일몰보다 더 감격스러운 풍경을 마주해 버려서, 남은 건 이 아름다움을 곱씹어 보는 일이라고.

때로는 이처럼 우리의 삶에 뜻하지 않은 풍경이 불어온다. 달콤하고 조금은 쏩쓸하며, 마음을 마구 휘젓는, 그러면서도 오래오래 남아 있는. 나는 그 풍경을 마음에 액자로 걸어 감상하기로 했다. 세상이 따뜻하지 않다고 느껴질 때, 왠지 모르게 사랑이 믿어지지 않을 때. 사랑하는 사람이 생겼을 때 두고두고 보기 위해서.

그날 나는 산에 오르길 잘했다고 생각했다.
하필이면 그 시간에 오르기를 참 잘했다고.

비 오는
날

비가 오는 날의 분위기를 좋아한다. 처음엔 한두 방울씩 떨어지다가 서서히 쏟아지는 장면을 보는 것도, 타닥타닥 우산 위로 빗소리가 떨어지는 소리를 듣는 것도. 하지만 비 오는 날만이 만들어 주는 특유의 분위기, 그걸 가장 사랑한다. 쓸쓸하면서도 낭만적이고 잔잔하다가도 거센, 묘한 분위기.

장마철처럼 우산을 챙겨야 하는 날이 계속되면 괜한 상상을 하기도 한다. 가령 우산이 없어 비를 쫄딱 맞게 된 사람이 있다고 치자. 비를 그냥 맞고 가자니 너무 많이 오는 바람에 옷이 다 젖을 것 같고, 비가 잠잠해지기를 기다리자니 시간에 맞춰 도착해야만 하는 난감한 상황. 마음을 졸이며 어쩔 줄 몰라 하고 있는데, 한 사람이 나타나 어디까지 가느냐고 묻는다. 그런데 정말 우연히도 두 사람의 목적지가 같은 바람에 한 우산 아래서 한참을 걸었고 훗날 마음이 이어져 사랑하게 됐다는 이야기.

극적이고 아름다운 이야기지만 실제로 일어날 법한 이야기일지도 모른다고 생각했다. 거리에서 누군가에게 우산을 씌워준 사람이 적지 않을 것 같다는 생각. 비가 오는 날에 만들어진 인연은 대부분 그런 식이지 않을까.

비 오는 날은 그런 날이다. 비에 젖지 않는 대신 마음은 젖을 수도 있는 날. 오늘 우연처럼 당신이 우산을 잃어버려 내가 데리러 가야 하는 상황이 생겼으면 좋겠다. 나는 그 상황이 썩 싫지만은 않을 것 같으니까.

각인

좋은 사람은 기억되지만, 잊을 수 없는 사람은 마음에 새겨진다. 기억은 또 다른 기억으로 덮이지만 마음에 새겨진 사람은 또 다른 사람으로 잊히지 않는다. 누구에게나 그런 사람은 있다. 좋든, 싫든 잊을 수 없는 사람. 한순간 내게 강렬했던 사람. 어떤 의미로든 충격이던 사람. 그건 억지로 도려낼 수 없다. 인정하고 사는 수밖에는.

우리의
역사

친척 동생의 돌잔치 일로 인천에 갔던 날, 그때 처음 너를 만났다. 그 장소가 우연히도 네가 다니던 학교 옆이었고 별 의미 없는 관계라고 생각했던, 살면서 마주칠 일이 있을까 싶었던 너와 처음으로 마주한 날이 되었다.

우리는 첫날부터 손을 잡고 걸었다. 마음이 같은 방향으로 흐른다는 게 이런 걸까. 기막힌 우연으로 마음이 들떠서 그랬을까. 어쩌면 그랬을지도 모른다. 그때는 이것저것 재면서 누군가를 만날 나이가 아니었으니까. 그저 젊음의 호기인지, 객기인지도 모를 것을 등에 업고 서로에게 쏟아지듯 빠져들었을 뿐이다.

어쩌다 보니 장거리 연애를 시작했다. 생각보다는 번거로운 일이었다. 얼굴 한 번 보기 위해서 지하철을 몇 번이고 갈아타는 일. 늦은 밤까지 놀다가 집으로 돌아가야 했을 때 텅텅 빈 지하철 안 풍경이 조금은 쓸쓸하기도 했지만 그럼에도 너는 행복이었다. 두 시간이 넘는 거리를 달려가야만 너를 만날 수 있다고 해도, 그 시간이 결단코 아깝지 않을 만큼 충분한 사람이었다.

함께여서 근사했던 사계절이었다. 추운 겨울날, 눈이 가득 쌓인 거리를 걸으며 아이스크림을 먹었던 기억도, 한강에서 처음으로 돗자리를 펴고 도시락을 먹었던 봄날의 추억도, 그때는 몰랐지만 돌아보니 찌릿할 정도로 행복했던 기억이었다. 참 좋았는데, 행복했는데…. 그것들을 당연하게 여긴 나의 불찰이 관계를 무너뜨렸다. 이제 더는 너를 찾을 수도, 마음을 채워줄 수도 없는 사람이 됐다.

이별한 뒤로도 종종 근황을 물어 만나기도 했지만 그뿐이었다. 친구처럼 만나 친구처럼 헤어졌고, 그것으로도 행복했다. 웃기는 일이지. 너를 밀어낸 건 나였는데, 그렇게라도 볼 수 있다고 좋아하는 꼴이라니.

너를 잊기 힘들다는 건 알고 있었지만, 어떤 연락도 할 수가 없었다. 내가 할 수 있는 건 똑같은 실수를 저지르지 않는 것. 내게 다가오는 인연에, 똑같은 실망을 안겨주지 않는 것. 그뿐이었으니까.

우연처럼 만나 꼭 필연처럼 헤어진 우리. 살아가면서 가끔 생각나더라도 돌아가고 싶지는 않다. 똑같은 상처를 주게 될까봐. 그나마 아름다웠던 기억까지도 더럽혀질까 봐. 지나간 건그대로 두어야 한다. 운명을 되돌릴 만큼 나는 대단한 사람이아니니까.

잘 지내주었으면 하는 마음, 고맙다는 마음, 구태여 전하지는않을 생각이지만 이곳에 말하고 싶다. 한때 나의 풍경이 되어

주어서 감격이었다고. 그 모든 것들이 당연한 것이 아니었음을 너무 늦게 깨달은 것 같아 미안하다고.

이 페이지가 넘어가면 잊히게 될 우리의 역사. 그 어떤 말로도 전해지지 않을 마음을 이곳에서 태워야겠다. 있었지만 없는 일로. 떠올라도 기억나지 않는 일로. 어딘가에서 마주쳐도 서로 모른 척하는 사이로. 그렇게 우리를 끝내야 하겠다.

우연은

왜

우연히 놀러 간 여행지 카페에서 방명록을 펼쳤는데 당신의 이름 세 글자가 적혀 있을 때. 그게 내가 아는 당신인가 싶어, 덧붙여진 글을 읽다가 그건 또 아니어서 실망하는 일. 하지만 흔하지 않은 당신의 이름을 가진 사람이 하필이면 내가 들른 곳의 낡은 방명록 속에 적혀 있다는 사실만으로도 가슴이 달아올라서 그 기운을 잠재우기에 급급했던 일.

우연은 뭐길래 한 사람의 마음을 이렇게 뒤집어 놓다 못해 여러 물살을 만드는 걸까. 꼭 이 사람이 아니면 안 될 것 같은, 이 순간이 오기까지 애타게 기다린 것 같은. 그런 감정으로 한순간에 휩싸이게 하는 걸까.

이 글을 쓰는 도중에 당신으로부터 문자 하나가 달랑 온다면 그 마음을 나는 어떻게 다뤄야 할지 모른다. 답장해야 할지, 마침 당신에 관해 쓰고 있었다고 말해야 할지. 아무런 대답도 하지 않아야 할지.

우연은 뜻하지 않은 순간에 찾아와 바람의 방향을 휙 바꿔놓는다. 그 바람에 휩쓸릴 것인가, 제자리에서 버텨낼 것인가.

우연이 다가오면 다음은 온전히 나의 몫이다.
운명을 만드는 건 나 자신이니까.

미완성
사랑

사람이라는
길

아주 가끔은 이런 생각을 한다. 그때 그 사람이 아니라 다른 사람을 만났더라면 내 삶은 어떤 방향으로 흘렀을까. 지금처럼 글을 쓰고 있는 게 아니라 카페 주인장이 되었을 수도 있는 게 아닐까. 어쩌면 이루지 못할 것 같았던 꿈같은 삶을 실제로 살아가고 있을지도 모른다.

인연이란 것을 가볍게 생각하지 않게 된 것이 바로 그 이유다. 살아가면서 하는 수많은 선택과 결정으로도 우리의 삶이 뒤바뀌곤 하는데, 어떤 사람을 만나는지에 따라서 내 삶은 완전히 달라질 수 있기 때문이다. 어떤 사람과 있을 때는 관계가 점점 어두워졌지만, 다른 사람과 있을 때는 점점 화사해질 수 있다.

그런 이유로 인연은 늘 조심스럽고 신중하게 대하게 됐다. 그 사람과 함께 하는 시간 동안 무슨 영향을 받고 어디로 나아가게 될지 장담할 수 없는 거니까. 그 사람이 아닌 다른 사람을 만나서 더 행복한 시간을 살게 될지 모르는 거니까.

한 사람을 택하는 일은 어쩌면 길을 고르는 것과 다르지 않을
지도 모른다. 먼 훗날 나는 어떤 사람과 어떤 길로 걸어가고 있
을까. 이왕이면 그 길이 행복으로 데려다주는 길이었으면 좋겠
다. 우리가 좋은 길을 택했으면 한다.

미완성
사랑

늘 함께하고 싶은
사람

먼 미래에도 함께하고 싶은 사람이 있다면 이런 사람일 테다. 상황이 좋지 않을 때도 밝은 기운으로 맞서는 사람. 기분 나쁠 수도 있는 순간에 하나하나 반응하지 않고 한두 번쯤 웃으며 넘기는 여유를 가진 사람. 부정적인 태도 대신 함께 있으면 뭐라도 될 것 같은 느낌이 드는 사람. 살아갈수록 더욱더 퍽퍽해지는 삶. 좋은 생각이 떠오르게 해주는 사람이 곁에 있다는 건 정말로 큰 힘이 된다. 불가능이 가능한 것이 되기는 어렵겠지만 가만 주저앉아 좌절만 했던 내가 '까짓거 해보지 뭐'라는 마음가짐으로 살아가게 되는 것. 한 사람이 주는 힘은 생각보다 크고 좋은 사람은 내 삶을 뒤바꿀 수 있다는 뜻이겠다.

그러니 아무 생각 없이 아무 사람만 만나지 마라. 이왕이면 좋은 사람. 같은 공간에 있을 때 마음이 따뜻해지는 사람. 나쁜 생각이 들지 않게 하는 사람을 만나야 한다. 조금씩 불안정해지는 세상 속에서 더는 모험을 하고 싶지 않다. 버스 손잡이처럼 내게 안정을 가져다주는 사람. 그런 사람이 필요하다.

미완성
사랑

툭

사람은 언제든 툭하면 무너질 수 있지. 절대 안 그럴 것 같은 사람은 없어. 누구보다도 강인해 보이는 사람이 실은 누구보다 더 연약한 사람일 수도 있으니까. 사람은 별거 아닌 이유로 망가져 버리기도 해. 그게 그럴 일인가 싶은 것들 있잖아. 그 별거 아닌 상처가 한 사람의 마음에 계속해서 쌓이다 보면 속에서부터 무너져 버리는 거야.

그래서일까 이젠 곁에 있는 사람이 힘들다 하는 말을 단순한 투정으로 넘기지 않아. 내게 보내는 간절한 신호일 수도 있으니까. 마음을 알아달라고 붙잡아달라고. 내게 손을 뻗은 것일 수도 있으니까. 절대로 그냥 흘려보내지 않으려고 해.

언젠가 사랑하는 사람이 한 번쯤 무너져도 잡아줄 수 있는 사람, 그런 사람이 되고 싶다. 삶의 마지막에서 기댈 수 있는 사람으로 내가 떠올랐으면 좋겠다. 그러기 위해서는 자주 말해야

겠지. 오늘 기분은 어떠냐고. 힘든 건 없냐고. 괜찮아질 수 있

다고.

미완성
사랑

눈을
감고서

눈을 감고 옆에 있는 사람에게 내 몸을 의지한 채 햇볕이 내리쬐는 거리를 한참 걸어본 적이 있다. 방향이 잘못되면 바로잡아 주고, 장애물이 있으면 알려주는 사람이 있으니 잠시나마 마음 놓고 자유로워질 수 있었다. 그날 느낀 행복은 거대했을 뿐만 아니라 여운마저 길었다. 어쩌면 그건 단순히 따뜻한 햇볕을 느껴서가 아니라 몸도 마음도 의지할 수 있는 사람이 있다는 사실이 벅차서였을지도 모른다.

나의 삶이 이상한 곳으로 흐를 때, 흔들리는 나를 붙잡아줄 사람이 있다는 것. 길이 엇나갈 때는 방향을 잡아줄 사람이 있다는 것. 그건 참 근사한 일이니까.

누군가를 향한 마음이 불확실하게 느껴진다면, 그 사람을 믿어도 좋을지 확신이 서지 않는다면 한 번쯤 그 사람에게 몸을 맡기고 걸어보아도 좋겠다. 걷는 동안 이상하게 불안한 느낌이

든다면 그 사람을 향한 마음도 흔들리고 있다는 뜻이고, 세상의 자유로움이 느껴진다면 어느새 몸과 마음이 그 사람을 받아들였다는 뜻일지도 모른다.

미완성
사랑

좋았다면 추억이고
나빴다면 경험

친구에게 연락이 왔다. 무슨 일인지 물었더니 오랜만에 하는 연애가 두렵다고 했다. 친구는 사 년 정도 연애 공백기가 있었다. 딱히 마음에 드는 사람이 없어서 그런 것일 수도 있겠지만 우선 사랑을 맞이할 준비가 되지 않은 것 같았다.

친구는 사랑의 불완전함에 대한 불안을 느끼고 있었다. 사랑이 또 무너지진 않을까. 이 사람을 만나도 괜찮은 걸까. 자신이 완벽하지 못할 것 같다는 이유로 고민했다. 그러나 사랑은 애초에 완벽할 수 없는 것. 사랑만큼 불안한 감정은 없고 동시에 황홀한 것도 없다는 것. 나는 친구가 사랑 앞에서 완벽해질 생각은 말고 흠뻑 빠져들기를 바랐다. 그 관계가 끝난다고 해서 지구는 망하지 않으니까. 그 관계가 생에 마지막 관계일 가능성은 희박하니까.

나는 친구에게 말했다.

'사랑은 그냥 왔다가 떠날 수도 있고, 희미한 줄 알았으나 알고 보면 지나치게 선명한 거야. 그냥 부담 없이 만나 봐도 좋을 것 같아. 관계의 시작이 다 그렇잖아. 무모하고 불확실한 것. 함께 있을 때 걱정이 사라진다든가, 웃음이 난다면 이어가면 되고 그게 아니라면 각자의 길로 나아가면 돼.'

'좋았다면 추억이고, 나빴다면 경험'이라는 말. 어려서는 이 말이 그저 그런 뻔한 말이라고 생각했는데 살아보니 이것만큼 맞는 말이 없는 것 같다. 주눅 들지 말고 조금은 담대해질 필요가 있다.

관계에 너무 부담 가지지 않았으면 좋겠다. 모든 관계가 행복할 수는 없고, 처음부터 좋은 관계라고 일러주는 관계는 없다. 결국, 겪어봐야만 알 수 있는 것. 그러니 서로 마음이 있다면 부담은 내려놓고 다가갈 것. 거리를 둘 시간에 차라리 거리를 함

미완성
사랑

께 걸어볼 것.

우리가 해야 할 건 그뿐이다. 마음이 있으면서도 스스로 외면
하고 억누르는 것이 아니라 뜨겁게 빠져보는 일. 그 관계가 나
의 전부가 될지, 아니면 스쳐 가는 바람이 될지 알아가는 일.

사람들은
왜 사랑을 하나요

사랑을 꼭 해야 할지 생각했던 적이 있었지.

내 삶을 챙기기도 힘든데 다른 세상이 하나 더 생기는 거니까.

벅차진 않을까 생각했어. 사랑이 행복만을 가져다주는 게 아니

니까.

그런데도 사람들은 사랑을 해.

왜? 사랑하면서 생기는 단점은 차치하고서라도

사랑 안에는 엄청난 황홀함이 있거든.

지켜주고 싶은 사람이 생기고

의지할 수 있는 사람이 생기고

무의미하게 흘러가던

나의 시간을 공유할 수 있는 사람이 생겨.

그건 모든 순간에 의미가 생긴다는 거야.

사랑을 반드시 할 필요는 없다고 봐.

미완성
사랑

혼자서도 충분히 행복할 수 있고
많은 걸 누리면서 살 수 있으니까.
그런데 말이야,
사랑하지 않으면 절대 알 수 없는 것들이 있어.

누군가가 아플 때 내 마음이 속상하다거나
미래를 맡기고 싶은 사람이 생길 때의 감정.
내 삶의 일부였던 사람이
절대 없어서는 안 될 사람이 되었을 때의 기분까지.
그 감정을 조금이라도 알 것 같거나, 알고 싶어진다면
어느새 사랑은 내 앞에 와 있는 거야.
그러니 누군가가 자꾸 생각나고
나의 하루에 누군가가 있었으면 좋겠다면
애써 회피하지 말고 문을 열어두기를 바라.

사랑하지 않아도 행복할 수는 있지만

사랑해서 얻는 행복은 우리의 상상보다 훨씬 크니까.

마음에
남는 사람

돌아보면 내게 좋은 것을 줬던 사람도 있었고 근사한 곳에 데려간 사람도 있었지만, 정말로 마음에 남는 사람은 나른한 주말 아침 창문을 열었더니 불어오는 기분 좋은 바람처럼 나를 은은한 행복으로 채워줬던 사람이었다. 그때 그 순간이 아니라면 절대 느끼지 못하는 마음. 아무나 흉내 낼 수 없는 마음. 부담스럽지도, 직접적이지도 않아서 모를 수도 있지만 그게 다 사랑이었구나, 깨닫게 되는 마음들.

우산

꽤 오랜 시간을 나를 위해 우산을 들어주는 사람과 우산을 씌워주고 싶은 사람 사이에서 고민했다. 정말 중요한 건 함께 걷는 우산 아래서 어떤 사람이 행복을 가져다주는지였다.

내가 좋아하는 사람과 나를 좋아해 주는 사람. 그것보다 더 중요한 건 함께 있으면 행복을 가져다주는 사람. 내가 택해야 할 사람은 나를 행복으로 이끌어 줄 사람이라는 것을.

나를
믿어주는 사람

날이 가면 갈수록 함께 있을 때 내가 작아 보이지 않게 해주는 사람이 좋다. 그건 단순히 나를 치켜세워 주는 것이 아니고, 나를 떳떳하게 생각하는 사람. 나라는 존재를 숨김없이 당당히 좋아해 주는 사람을 말한다. 그런 사람과 함께라면 없던 자신감이 생기고, 내일을 씩씩하게 살아낼 작은 용기가 생긴다. 벌써 하루가 저물었다. 이 세상에서 끝까지 나를 부끄러워하지 않을 사람에게, 오늘도 나를 믿어준 사람에게 고마움을 전하자. 덕분에 덜 쓸쓸한 하루였다고.

**완성되지 않은
나와 당신이지만**

1판 1쇄 발행 2023년 11월 15일
1판 3쇄 발행 2024년 3월 6일

지은이 조성용

발행인 양원석 편집장 차선화
영업마케팅 윤우성, 박소정, 이현주, 정다은, 박윤하

펴낸 곳 ㈜알에이치코리아
주소 서울시 금천구 가산디지털2로 53, 20층 (가산동, 한라시그마밸리)
편집문의 02-6443-8861 도서문의 02-6443-8800
홈페이지 http://rhk.co.kr
등록 2004년 1월 15일 제2-3726호

ISBN 978-89-255-7569-8 (03810)